# 桨声灯影里的秦淮河

文／俞平伯　　图／老 树

中国青年出版社

# 目　录

可惜自来嬉戏总不曾留下些些的痕迹，

尽管在我心头每有难言的惘惘，

尽管在他们几个人的心上许有若干程度相似的怀感。

# 打　橘　子

　　陶庵说："越中清馋无过余者,喜啖方物。"其中有一种是塘栖蜜橘。(见《梦忆》卷四)这种橘子我小时候常常吃,我的祖母她是塘栖人。橘以蜜名却不似蜜,也不因为甜如蜜一般我才喜欢它。或者在明朝,橘子确是甜得可以的,或者今日在塘栖吃"树头鲜",也甜得不含胡的,但是我都不曾尝着过。我所记得,只是那个样子的:

　　橘子小到和孩子的拳头仿佛,恰好握在小手里,皮极薄,色明黄,形微扁,有的偶带小蒂和一两瓣的绿叶,瓤嫩筋细,水分极多,到嘴有一种柔和清新的味儿。所不满意的还是"不甜",这或者由于我太喜欢吃甜的缘故罢。

　　小时候吃的蜜橘都是成篓成筐的装着,瞪眼伸嘴地白吃,比较这儿所说杭州的往事已不免有点异样,若再以今日追溯从前,真好比换过一世界了。

　　城头巷三号的主人朱老太爷,大概也是个喜欢吃橘子的,那边便种了七八棵十来棵的橘子树。其种类却非塘栖,乃所谓黄岩也。本来杭州市上所常见的正是"黄岩蜜橘"。但据 K 君说,城头巷三号的橘子一种是黄岩而其他则否,是一是二我不能省忆而辨之,还该质之朱老太爷乎?

　　从橘树分栽两处看来,K 君的话不是全无根据的。其一在对着我们饭厅的方天井里。长方形的天井铺以石板,靠东墙橘树一行,东北两面露台绕之。树梢约齐台上的阑干①,我们于此伸开臂膊正碰着它。这天井里,也曾经打棍子,踢小皮球,竹竿拔河,追黄猫……可惜自来嬉戏总不曾留下些些的痕迹,尽管在我心头每有难言的惘惘,尽管在他们几个人的心上许有若干程度相似的怀感。后之来者只看见方方正正的石板天井而已,更何尝有什么温软的梦痕也哉!

另一处在花园亭子的尽北畸角上,太湖山石边,似不如方天井的那么多,那边有一排,这儿只几株橘子而已。地方又较偏僻,不如那边的位居冲要易动垂涎,所以著名之程度略减。可是亭子边也不是稀见我们的脚迹的,曾在其间攻关,保唐僧,打水炮,还要扔白菜皮。据说晾着预备腌的菜,有一年特别好吃,尽是白菜心,所以然者何? 乃其边皮都被我们当了兵器耳。

这两处的橘子诚未必都是黄岩,在今日姑以黄岩论,我只记得黄岩而已。说得老实点,何谓黄岩也有点记它不真了,只是小橘子而已。小橘子啊,小橘子啊,再是一个小橘子啊。

黄岩橘的皮麻麻札札的蛮结实, 不像塘栖的那么光溜那么松软,吃在嘴里酸浸浸更加不像蜜糖了。同住的姑娘先生们都有点果子癖,不论好歹只是吃。我却不然,虽橘子在诸果实中我最喜欢吃,也还是比他们不上,也还是不行。这也有点可气,倒不如干脆写我的“打橘子”,至于吃来啥味道,我不说!——活像我从来没吃过橘子似的。

当已凄清尚未寒冽的深秋,树头橘实渐渐黄了。这一半黄

---

① 阑干,同栏杆。

的橘子,便是在那边贴标语"快来吃"。我们拿着细竹竿去打橘子,仰着头在绿荫里希里霍六一阵,扑秃扑秃的已有两三个下来了。红的,黄的,红黄的,青的,一半青一半黄的,大的,小的,微圆的,甚扁的,带叶儿的,带把儿的,什么不带的,一跌就破的,跌而不破的,全都有,全都有,好的时候分来吃,不好的时候抢来吃,再不然夺来吃。抢,抢自地下,夺,夺自手中,故吃橘而夺,夺斯下矣。有时自己没去打,看见别人手里忽然有了橘子,走过去不问情由地说声"我吃!"分他个半只,甚而至于几瓤也是好的,这是讨来吃。

说得起劲,早已忘了那平台了。不是说过小平台阑干外,护以橘叶吗?然则谁要吃橘子伸手可矣,似乎当说抓橘子才对,夫何打之有?"然而不然"。无论如何,花园畸角的橘子总非一击不可。即以方天井而论,亦只紧靠阑干的几枝可采,稍远就够不着,愈远愈够不着了。况且近阑干的橘子总是寥落可怜,其原因不明。大概有人"近水楼台先得月"了,相传如此。

打橘有道,轻则不掉,重则要破。有时候明明打下来了,却不知落在何方,或者仍在树的枝叶间,如此之类弄得我们伸伸头猫猫腰,上边寻下边找,虽觉麻烦,亦可笑乐。若只举竿一击,便永远恰好落在手底心里,岂不也有点无聊吗!

然而用竿子打,究竟太不准确。往往看去很分明地一只通红的橘子在一不高不矮的所在,但竿子打去偏偏不是,再打依然不是,橘叶倒狼藉满地,必狂捣一阵而后掉下来。掉下来的又必是破破烂烂的家伙,与我们的通通红的小橘子的期待已差得太多。不知谁想的好法子,在竿梢绕一长长的铅丝圈,只要看得准,捏得稳,兜住它往下一拉,要吃那个橘子便准有那个橘子可吃,从心之所欲,按图而索骥,不至于残及池鱼,张冠李戴了。但是拉来吃,每每会连枝带叶地下来,对于橘子树未免有点说不过去哩。

有这么多的吃法,你们不要以为那儿的橘子尽被我们几个人吃完了。鸟雀们先吃,劳工们再吃,等我们来抓来拉,已经是残羹冷炙了。所以铺张其词来耽误读者救国的工夫,自己也觉得不很讨俏,脸上无光。但是恕我更不客气地说,这儿所记的往事只为着与它有缘的人写的,并不想会有这种好运气可夹入革命文学的队伍。若万一有人居然从这蹩脚的文词里猜着了梦呓的心一分二分,甚而至于还觉着"这也有点味儿",这于我不消说是"意表之外"的收获。其在天之涯乎?其在海之角乎?咫尺之间乎? 又谁能知道!

老实说,打橘子及其前后这一段短短的生涯,恰是我的青春的潮热和儿童味的错综,一面儿时的心境隐约地回旋,却又杂以无可奈何的凄清之感。惟其如此,不得不郑重丁宁地致我的敝帚千金之爱惜,即使世间回响寂寞已万分。

拉拉扯扯吃着橘子,不知不觉地过了两三个年头,我自己南北东西的跑来跑去,更觉过得好快,快得莫名。移住湖楼不多久, 几年苟且安居的江浙老百姓在黄渡浏河间开始听见炮声了。城头巷三号之屋我们去后,房主人又不来,听它空关着。六一泉的几十局象棋,雷峰塔的几卷残经,不但轻轻容易地把残夏消磨个干净,即秋容也渐渐老大了。只听得杭州城内纷纷搬家到上海,天气渐冷,游人顿稀,湖山寂寂都困着觉。一天,我进城去偶过旧居,信步徘徊而入,看门的老儿,大家叫他"老太公"的,居然还认得我。正房一带都已封锁,只从花园里蹩进去,亭台池馆荒落不必说,只隔得半年已经有点陌生了。还走上楼梯,转过平台,看对面的高楼偏南的上房都是我住过的,窗户紧闭着。眼下觉得怪熟的,满树离离的红橘子。

再打它一两个罢! 但是竹竿呢,铅丝呢? 况且方天井虽近在眼底,但通那边的门儿深锁,橘子即打下也没处去找。我踌躇四顾, 除了跟着来的老迈龙钟的老太公, 便是我自己的影子,觉得一无可说的。歇了一歇,走近阑干,勉强够着了一只橘子,捏在手中低头一看,红圆可爱,还带着小小的翠叶短短的把。我揣着它,照样慢慢的踱出来,回到俞楼,好好的摆在书桌上。

原来满抵桩①带回来给大家看,给大家讲的,可是 H 君其时已病了,他始终没有看见这一只橘子。匆忙凄苦之间,更有谁来慢慢的听我那《寻梦》的曲儿呢。该橘子久查无下落,大概是被我一人吃了,也只当是丢了吧。城头巷三号之屋我从此也没有再去过了。

到北京又是四年,江南的丹橘应该长得更大了。打橘子的人当然也是一样,各人奔着各人的道儿,都忙忙碌碌地赶着中年的生活去,不知道还想得起这回事吗? 如果真想得起,又想出些什么来呢? 若说我自己,于几天懒睡之后,总算写了这一篇,自己看看实在也看不出所以然来,也只好就这样麻麻胡胡的交了卷。

---

① 抵桩:准备,打算的意思。

# 稚翠和她情人的故事

　　这是鸟的故事。鸟儿自应有它的类名，只是我不知道。看他们翠羽红襟，其西洋之"红襟"乎？否乎？也不知道。

　　也不知怎的，忽然玩儿起鸟来。大约喜欢躺着的缘故罢？闭了眼听鸟声喳喳，仿佛身在大花园里，又像在山林里。于是从荇桥再往西拐弯的地方，买来小鸟一双。

　　并不是一起来的，先来的一只，在小小方笼里盛着，我们怕"她"寂寞，第二天又从原地方找了个"他"来，又换了一个较大的圆笼儿。先来的她我们叫稚翠，后来的他叫知恋。

　　他俩都是红黄的胸脯，以下呈淡青色，自头迄尾覆以暗翠的羽毛，略近墨绿，红喙黄爪，翅边亦红，长约三寸许，稚翠大约比她的情人还要苗条些。（以上是参照莹环当日所画记下的。）声音虽不及芙蓉鸟、竹叶青那么好听，而小语聒碎得可怜，于风光晴美时，支起玻璃窗，把一短竹竿挑起笼儿，斜挂檐前。迟迟的春日渐上了对面的粉墙，房栊悄然虚静，或闲谈，或闲卧，或看环作画，忽然一片吉力刮辣的小声音岔断我们的话头，原来他俩正在笼子里打架。

　　也有时把它挂在花园里白碧桃枝头，到傍晚方搬回房里的方桌上。黄黄的灯影里，我们最爱看他俩的睡态。脖子缩进去，嘴也揣着，羽毛微微振耸，整个儿只见毛绒绒圆丢丢的一团,分不出哪儿是哪儿;若他俩傍着挨着而入睡,并且也分不出谁是谁来。偶然因语笑的喧哗,小鸟儿把毛衣一抖,脖子伸伸,困斯懵懂的眼睛回个几回,看看这儿,看看那儿,似惊似怯,渐渐又跟着夜的清寂,蜷头曲脚地入睡了。我们很不忍屡次去搅他们,所以有人走过去看,必定连声叮咛:"不要闹! 轻点! "就寝以前,我们还要悄悄掩过去,偷看个两回三回。

清晨是鸟儿的佳节,枕上朦胧间,第一听得他俩的轻言细语,虽然不会把我们吓醒,却于将醒未醒时在耳边絮着:"可以起来了!可以起来了!"如此很快的一天,又上灯了,又要睡了。一天又一天,大约只过了一个月,至多两个多月罢。

读者们如讲究所谓文章伏脉的,从上面早已瞥见悲哀的痕迹了。短竹竿挑起笼儿,从窗外伸出去,不会滑下来吗?是的,会滑下来,而且已经滑下来了!谁闯下的祸?据今日环说又像是我。谁知道。说我就是我罢,——又好像笼子自己滑溜下来的。也没有人能够的确知道。

惭愧我的记忆力脆薄如斯(我从小记性就坏得不堪),笔力柔弱如彼,描不出当时他们被惊的容色和稚翠独自耽着创伤的惨况。羽毛披散,眼睛瞪直,可怜小鸟儿吓得成什么似的,而且瑟瑟的抖,大约用觳觫战栗等等一二十字也还不够形容的。从此我们的稚翠竟变成跛脚的稚翠了。

她蹲在笼底,腿弯里折成钝角,再无矫捷轻盈的希望了。我们自此只谨谨慎慎地守着她,好容易过了些时候,腿创渐平,居然重上竿头,可以小步了,虽然有点一拐一拐的。我们一天看她几回,倒有一种说不出的快慰。还会再好些罢?知恋君也会高兴罢?我们更作进一步的傻想。

——想望之在人间世,其命运的畸零又何其可叹呢!人人都凭着自己与生俱生的欲念，一蓬火烟似的氤氲地结起若干大大小小形形色色的幻见和虚愿，就拿起这个，在钢铁般无情的事实世界上去碰碰看，一个方才打破，一个又在团结，如此衔接错综地纠缠着，挨过或长或短的梦境；直到灵明磨钝，躯壳朽坏，也不知为烟云哩，也不知为粪土哩，烛烬香也残，光焰芳烈俱灭，其时氤氲中的变幻姿相即使还会有，又有谁来赏玩呢！虽明明已是觉醒的时节了，我们的人儿却在何处呢？所以"天昏地暗人痴望"尽管是句老实话，"人欲天从竟不疑"尽管把咱们给冤苦了，可是细细的再想一想，能够完全不存此痴想的，谁呢？明知这是当，还是上了当，既然无办法，也就随他去罢。——闲话少说。并非闲话。某年月日，我们几个人在北边花园里举行稚翠的葬仪和祭典。

以小小的盒儿盛着，外罩以洋铁罐，浅浅地刨个坑，我们把她埋在池边桂树之下，立一小小的短碣，砖为之，中镌"稚翠墓"三字，旁列年月日，填以丹朱。又以知恋为主人，大家来祭。我做了一篇骈四俪六的祭文，其文久佚，虽不见佳想来亦可惜，只记得在叙她的病况有"既遭折足之凶，又抱风寒之疾"；在叙葬仪里有"即日葬于浅碧池头芳桂树下，礼也"。以外祭奠的礼单，在 L 处有一张，有焚香、读祭文、三奠爵、焚遗物、洒酒等等节目。

这一半因为好顽，一半也因为惋惜。若把平日朝暮相看的，只要死了立刻扔在垃圾堆里，我们不但不忍且也不安。正经点说，这不忍和不安便是古今来种种祭葬在心理上的依据。不看见西山道上的热闹吗？——明知道是无益的，偏偏要像煞有介事去干。你说他是知识上的错误吗？但这也是感情上的不得已。我们有些日常生活，饮食言动间，只觉得它舒服不舒服,不曾问问它通不通;通不通是向来没有标准的,公说公理,婆说婆理,到底谁的理? 舒服不舒服是确有标准的,我吃我的冰激凌(!),你喝你的热开水,不但大家都已舒服,而且大家都会对的。

这才是顶闲的闲话,顶混的混鱼哩①。这种"谬论"流弊的有无,自有吾友礼部江公在,我管不着。我们既把稚翠送了终,你们想知道她情人的结局吗? 来! 告诉您。

当其时,我们不但惋惜而且感慨,不但感慨而且懊悔,不但空空的懊悔而且切切实实觉得无聊。玩着笼中的鸟儿,宝宝肉肉般爱惜着,还见神见鬼的搬弄着,这种雅趣,雅趣得阿要难为情。难为情在其次,最不好受的是扫兴。看笼中的知恋孤孤零零的神气,听他啾唧的话语,真觉得怅然颓然无一而可。终于带着笼儿到稚翠墓上开笼放鸟。

刚刚开笼,知恋呆呆地在地面上站了一忽,走个几步,方始懒懒地飞上低的白碧桃枝上去。徘徊顾望又过半晌,方才半跳半纵,飞上高枝,看过去和其他的小鸟儿差不多大小,终于不大看得见了。我呆立于桂阴下,不由得想起地下的稚翠来。都呆着罢,都想着罢?

"知恋君珍重! 任意的飞呀。可惜你的伴儿离你渐远了,假使你会想的话。——听说你是不大会想的,那么也好罢,好好的飞呀。

"知恋君,好好的飞呀! 我们的园子虽小,也有小麻雀,也有大鹞鹰哩。你顶好找麻雀子做伴,却不要被鹞鹰一把拖了

---

① 有一回在西湖边闲步,碰着一鱼挑,他兜卖混鱼,(北京所谓厚鱼? )我们说:"不见得好罢? "他说:"这是顶混的混鱼。"——作者原注

去。'身无彩凤双飞翼',我们只得如此空空地祝着哩。

"知恋君,幽秀的岩壑,明媚的溪流,你的故乡罢?但在何处呢?惭愧我们不大晓得,我们不能送你回去。既然这样了,就放你于西湖的山中, 也仍然是飘泊着, 仍然是鸷鸟口中之食呀。离我们太远,我们也会不放心的。倒不如放你在我们小花园里,这儿的稚翠还静静的躺着呢。你们即使谁不知道有谁,也应当不寂寞了罢?

"知恋君,你去了!几时再来呢? 看惯了的蹁跹的影子,哪怕再刮着一眼两眼也是好的,你到底来不来呢? 万一,真真是万一,重到我们的窗前,你知道,即使困着,我们就会醒的;若还肯飞过我们的眼下, 那么你也可以相信, 即使在那边淌眼泪,我们就会笑的。飞去又飞来,爱这么飞就这么的飞着罢!好好的飞呀!

"眼前开着的白碧桃,到明年今日倒又要开了。知恋君,你真会重来吗? 我们还在这儿吗? 都是不可知的。只是今天,我们眼睁着你自由的翱翔——过去的不提罢, 将来的不想罢——我们总应当高兴的,你也应当高兴的,地下的稚翠也应当为你我高兴的。"

以后或早或晚,树间偶然有小鸟站着,或忒楞楞的一飞,我们必要大惊小怪的,"是吗?""不是!"等日子长了,人也懒下来了。一年二年,知恋呢,终于不曾来,我们倒要离开那边,其时小池边的白碧桃,果然,正在垂垂结蕊。

要走要走,由不得想起稚翠的墓来,这总不便托给朱老太爷的。几个人商量好,把她迁葬于三台山下"安巢"里,东边梅树林太湖石畔,仍立碣为记。①

北来以后全无所知,鸟的故事就讲到这儿打住罢。听说

"安巢公子"近年来大兴土木,小小的土堆其有陵谷沧桑之变乎？我一点都不知道。昨天和 L 商量,拟托上海的娴于偕游西湖时,到那边去寻寻看,也不知道她还有这意兴或机会没有？②

---

① 其时曾打开盒子看过,鸟儿的颜色约略可辨,羽毛未蜕尽。——作者原注

② 娴于九月十六日自湖上寄信来:"墓上一切均如旧,惟墓碑已移开,离墓约一尺余。'稚翠墓'三字尚清,上下两行小字已被青苔湿泥所污,但隐约可见数字而已。墓碑现放在原处。"——作者原注

# 城　站

　　读延陵君的《巡回陈列馆》以后(文载《我们的六月》),那三等车厢中的滋味,垂垂的压到我睫下了。在江南,且在江南的夜中, 那不知厌倦的火车驮着一大群跌跌撞撞的三等客人归向何处呢? 难怪延陵说:"夜天是有限的啊!"我们不得不萦萦于我们的归宿。

　　以下自然是我个人的经历了。我在江南的时候最喜欢乘七点多钟由上海北站开行的夜快车向杭州去。车到杭州城站,总值夜分了。我为什么爱搭那趟车呢?佩弦代我说了:"堂堂的白日,界画分明的白日,分割了爱的白日,岂能如她的系着孩子的心呢?夜之国,梦之国,正是孩子的国呀;正是那时的平伯君的国呀! "(见《忆》的跋)我虽不能终身沉溺于夜之国里,而它的边境上总容得我的几番彳亍。

　　您如聪明的, 必觉得我的话虽娓娓可听, 却还有未尽然者;我其时家于杭州呢。在上海作客的苦趣,形形色色,微尘般的压迫我;而杭州的清暇恬适的梦境悠悠然幻现于眼前了。当街灯乍黄时,身在六路圆路的电车上,安得不动"归欤"之思? 于是一个手提包, 一把破伞, 又匆促地搬到三等车厢里去。火车奔腾于夜的原野,喘吁吁地驮着我回家。

　　在烦倦交煎之下,总快入睡了。以汽笛之尖嘶,更听得荼房走着大嚷：“客人！到哉；城站到哉！”始瞿然自警，把手掠掠下垂的乱发，把袍子上的煤灰抖个一抖，而车已慢慢的进了站。电灯迫射惺忪着的眼，我“不由自主”的挤下了车。夜风催我醒，过悬桥时，便格外走得快。我快回家了！

不说别的，即月台上两桁电灯，也和上海北站的不同；站外兜揽生意的车夫尽管粗笨，也总比上海的“江北人”好得多了。其实西子湖的妩媚，城站原也未必有份。只因为我省得已到家了，这不同岂非当然。

她的寓所距站只消五分钟的人力车。我上车了，左顾右盼，经过的店铺人家，有早关门的，有还亮着灯的，我必要默察它们比我去时（哪怕相距只有几天），有何不同。没有，或者竟有而被我发见了几个小小的，我都会觉得欣然，一种莫名其妙的欣欣然。

到了家，敲门至少五分钟。（我不预报未必正确的行期，看门的都睡了。）照例是敲得响而且急，但也有时缓缓地叩门。我也喜欢夜深时踯躅门外，闲看那严肃的黑色墙门和清净的紫泥巷陌。我知道的确已到了家，不忙在一时进去，马上进去果妙，慢慢儿进去亦佳。我已预瞩有明艳的笑，迎候我的归来。这笑靥是十分的“靠得住”。

从车安抵城站后，我就体会得一种归来的骄傲，直到昂然走入自己常住的室为止。其间虽只有几分钟，而这区区的几分钟尽容得我的徘徊。仿佛小孩闹了半天，抓得了糖，却不就吃，偏要玩弄一下，再往嘴里放。他平常吃糖是多么性急的；但今天因为“有”得太牢靠了，故意慢慢儿吃，似乎对糖说道：“我看你还跑得了吗？”在这时小孩是何等的骄傲，替他想一想。

城站无异是一座迎候我的大门，距她的寓又这样的近；所以一到了站,欢笑便在我怀中了。无论在哪一条的街巷,哪一家的铺户,只要我凝神注想,都可以看见她的淡淡的影儿,我的渺渺的旧踪迹。觉得前人所谓"不怨桥长,行近伊家土亦香"。这个意境也是有的。

以外更有一桩可笑的事:去年江浙战时,我们已搬到湖楼,有一天傍晚,我无端触着烦闷,就沿着湖边,直跑到城站,买了一份《上海报》,到站台上呆看了一会来往的人。那么一鬼混,混到上灯以后,竟脱然无累的回了家。环很惊讶,我也不明白所以然。

我最后一次去杭州,从拱宸桥走,没有再过城站。到北京将近一年,杭州非复我的家乡了。万一重来时,那边不知可还有认识我的吗?不会当我异乡客人看待吗?这真是我日夜萦心的。再从我一方面想,我已省得那儿没有我的家,还能保持着孩子的骄矜吗?不呢?我想不出来。若添了一味老年人的惆怅,我又希罕它做什么? 然而惆怅不又是珍贵的趣味吗? 我将奈何! 真的,您来! 我们仔细商量一下:我究竟要不要再到杭州去,尤其是要不要乘那班夜车到杭州城站去,下车乎? 不下车乎? 两为难! 我看,还是由着它走,到了闸口,露宿于钱塘江边的好。城闉巷陌中,自然另外有人做他们的好梦,我不犯着讨人家的厌。

"满是废话,听说江南去年唱过的旧戏,又在那边新排了,沪杭车路也不通了,您到哪儿去? 杭州城站吗?"

我好像有许多没头绪的心思，
只是说不出，
直瞪着眼睛，
看许多花在阳光底下淌泪。

# 花 匠

　　礼拜天的早晨,天上有层薄薄的云彩,那太阳偏喜欢在云缝里露出一点温暖的面孔,来偷看地球。世上许多男男女女奇奇怪怪的事情,都映在他的眼帘。他只是旁观,又是暗笑。我今天闲着没事,想去看看花,也对得起一个初春的好礼拜。

　　到了一家花厂门口。栅栏虚掩着,我用手一推,呀的一声露出一片平地。紧靠西墙,有三间矮屋。旁边有口井,上面安着辘轳,栏口现出几条很深的凹纹,是吊桶绳子磨的。场上收拾得非常干净,一排一排摆列许多盆花,是些山茶、碧桃、金雀、迎春、杜鹃之类。轻风掠过,一阵阵花草的香气。冰哩!雪哩!我不多时还看见你们。花开这般快呀!

　　一个花匠,年纪不过四十上下,酱色的脸膛显出些些皱纹,好像也还和善,手拿把剪刀,脚边放着一堆棕绳,蹲在地上做工。

　　他正在扎榆叶梅呢。树上有稍为丫杈点的枝子,只听他的剪刀咯支咯支几响,连梗带叶都纷纷掉下。他却全不理会,慢慢的用手将花稍弯转差不多要成椭圆形,然后用手掐住,那手拿棕绳紧紧一结。从这枝到那枝,这盆到那盆,还是一样的办法。

　　原来他心里先有个样子,把花往里面填。这一园的花多半已经过他的妙手了。所以都是几盘几曲滚圆的一盆,好像同胞兄弟一般。有两盆花梗稍软一点，简直扎成两把团扇。那种"披风拂水疏乱横斜"的样子，只好想想罢了。

但花开得虽是繁盛，总一点没有；垂头丧气，就短一个死。我初进来觉得春色满园，及定睛一看，满不是这么一回事。尽管深红、浅紫、鸭绿、鹅黄又俏又丽的颜色，里面总隐着些灰白。仿佛在那边诉苦，又像求饶意思，想叫人怜他，还他的本来面目。那种委曲冤屈的神情，不是有眼泪的人能看的。真狠心的花匠！他也是个人呵！

这不过是我旁观的痴想。花儿不会说话，懂得什么呢！他受了痛苦，只有开一朵朵的鲜花，给他赏玩，让他赚钱。

我不禁问道："好好的花扎了不可惜吗？"

他说："先生，你别玩笑啦。这些花从窖里拿出来，枝枝桠桠，不这么办，有人买吗？你看墙角边一堆梗子，都是我昨天剪下来的，我的手脚多快。"

我才知道这都是烘出来的唐花，不然三月天气，哪里来许多花呢。便问道："我看不扎倒好，你何必费事？"

他答道："你不喜欢不行，喜欢的人多着呢。前两天张大人差个管家来买一百盆花。花刚出房，有许多还没扎。他们现逼着要，把我忙得手当脚做，才讨他一个喜欢。这碗饭好不容易吃！"

我方才明白他们原是靠花做买卖，只要得顾客的欢心，管什么花呢！他们好比是奴才。阔人要看这种花，花没有开，便用火来烘；阔人喜欢花这个样子，花不这么生，便用剪刀来铰，绳子来缚。如果他们不这样办，有人夸奖吗？有人照顾吗？本来好名气同黄的白的钱，是世界上顶好的东西，是再没有好的东西！

话虽如此，但是花的可怜总是真的。我既觉得这样，何以早早晚晚殷勤照顾他的花匠，偏一点不动心，整天的绳儿、剪刀忙个不住。难道一个人除吃饭穿衣以外，竟没有别的喜欢东西吗？我一点不懂。

想到这里，方要转身出去；但两只脚偏钉在地上，不听我的命令。我又痴想，倘若有了钱，把许多的花一齐买回，痛痛快快把绳捆束绑的牵缠解个干净。魔鬼都死了，只留那可爱的天真，自然的美。

我正想的时候，远远听得乌乌怪叫，我便呆了。一忽儿，栅门开处，看见有一辆红色的汽车，里面有个白须的绅士，带个十三四岁的女孩慢慢下来。花匠一看见，便抢上去，满面堆笑道："怹老带着小姐来得这样早呵。"那一种肉麻的神气，不是能够比方的。然而我方且自幸我不是阔人，他还没有用那种面孔来对我，叫我不能哭，不能笑。

那老者穿着狐皮袍子，带了顶貂帽，一望便像个达官。那女子手上带个钻戒，一闪一闪在花匠眼睛前面只管发光，但脸上总白里带青，一点儿血色没有。

听得她老子说道："娴儿，赌输的钱有什么要紧。不要说四五百块钱，就是再多点，怕我不会替你还吗？你不要一来就不高兴。你看那花扎得多么整齐。"

那女孩只是不响，低着头，并着脚，一步一步的挨着走，拿条淡红丝巾在那边擦眼睛，露出一种失眠的样子。

他俩走了十几步。老头子回头看看她，说道："昨天牌本来散得太晚，天都发了白，弄得你没有睡。我带你来看花，借着消遣消遣。你既倦了，也许睡得着，花不要看了，我们回去罢。"

那女孩嘴里说了几句话，——很轻很轻——我也模模糊糊没有听见什么。

忽然，蓦地里嘭腾的一声怪响。

我那时分，早已痴痴的出神，忘记在什么地方，是什么时候了，被午炮一声，方才惊醒。我站在这里，已经快有两点多钟的光景，红炎炎的太阳，正晒着我的头顶，我好像有许多没头绪的心思，只是说不出，直瞪着眼睛，看许多花在阳光底下淌泪。停下来半晌，把眼一低，慢慢的转身踱出。那匠人还是扎他的花，猛然一抬头，露出深黄的牙齿，对我嘻嘻一阵冷笑。

# 雪 晚 归 船

　　日来北京骤冷,谈谈雪罢。怪腻人的,不知怎么总说起江南来。江南的往事可真多,短梦似的一场一场在心上跑着;日子久了,方圆的轮廓渐磨钝了,写来倒反方便些,应了岂明君的"就是要加减两笔也不要紧"这句话。我近来真懒得可以,懒得笔都拿不起,拿起来费劲,放下却很"豪燥"的。依普通说法,似应当是才尽,但我压根儿未见得有才哩。

　　淡淡的说,疏疏的说,不论您是否过瘾,凡懒人总该欢喜的是那一年上,您还记得否?您家湖上的新居落成未久。它正对三台山,旁见圣湖一角。曾于这楼廊上一度看雪,雪景如何的好, 似在当时也未留下深沉的影像, 现在追想更觉茫然。——无非是面粉盐花之流罢,即使于才媛嘴里依然是柳絮。

　　然而 H 君快意于他的新居, 更喜欢同着儿女们游山玩水,于是我们遂从"杭州城内"翦湖水而西了。于雪中,于明敞的楼头凝眸暂对,却也尽多佳处。皎洁的雪,森秀的山,并不曾辜负我们来时的一团高兴。且日常见惯的恋姿, 一被积雪覆着,蓦地添出多少层叠来,宛然新生的境界,仿佛将完工的画又加上几笔皴染似的。记得那时 H 君就这般说。

　　静趣最难形容,回忆中的静趣每不自主的杂以凄清,更加难说了。而且您必不会忘记,我几时对着雪里的湖山,悄然神往呢。我从来不曾如此伟大过一回,真人面前不说谎。团雪为球,掷得一塌胡涂倒是真的,有同嬉的 L 为证。

以掷雪而 L 败,败而袜湿,等袜子烤干,天已黑下来,于是回家。如此的清游可发一笑罢?瞧瞧今古名流的游记上有这般写着的吗? 没有过! ——惟其如此,我才敢大大方方的写,否则马上搁笔,"您另请高明!"

毕竟那晚的归舟是难忘的。因天雨雪,丢却悠然的双桨,讨了一只大船。大家伙儿上船之后,它便扭扭搭搭晃荡起来。雪早已不下,尖风却渐渐的,人躲在舱里。天又黑得真快,灰白的雪容,一转眼铁灰色了,雪后的湖浪沉沉,拍船头间歇地汩然而响。旗下营的遥灯渐映眼朦胧黄了。那时中舱的板桌上初点起一支短短的白烛来。烛焰打着颤,以船儿的敧倾,更摇摇无所主,似微薄而将向尽了。我们都拥着一大堆的寒色,悄悄地趁残烛而觅归。那时似乎没有说什么话,即有三两句零星的话,谁还记得清呢。大家这般草草的回去了。

# 桨声灯影里的秦淮河

　　我们消受得秦淮河上的灯影,当圆月犹皎的仲夏之夜。

　　在茶店里吃了一盘豆腐干丝,两个烧饼之后,以歪歪的脚步踅上夫子庙前停泊着的画舫,就懒洋洋躺到藤椅上去了。好郁蒸的江南,傍晚也还是热的。"快开船罢!"桨声响了。

　　小的灯舫初次在河中荡漾;于我,情景是颇朦胧,滋味是怪羞涩的。我要错认它作七里的山塘;可是,河房里明窗洞启,映着玲珑入画的曲栏干,顿然省得身在何处了。佩弦呢,他已是重来,很应当消释一些迷惘的。但看他太频繁地摇着我的黑纸扇。胖子是这个样怯热的吗?

　　又早是夕阳西下,河上妆成一抹胭脂的薄媚。是被青溪的姊妹们所熏染的吗?还是匀得她们脸上的残脂呢?寂寂的河水,随双桨打它,终是没言语。密匝匝的绮恨逐老去的年华,已都如蜜饯似的融在流波的心窝里,连呜咽也将嫌它多事,更哪里论到哀嘶。心头,宛转的凄怀;口内,徘徊的低唱;留在夜夜的秦淮河上。

　　在利涉桥边买了一匣烟,荡过东关头,渐荡出大中桥了。船儿悄悄地穿出连环着的三个壮阔的涵洞,青溪夏夜的韶华已如巨幅的画豁然而抖落。哦!凄厉而繁的弦索,颤岔而涩的歌喉,杂着吓哈的笑语声,劈拍的竹牌响,更能把诸楼船上的华灯彩绘，显出火样的鲜明，火样的温煦了。小船儿载着我们，在大船缝里挤着，挨着，抹着走。它忘了自己也是今宵河上的一星灯火。

既踏进所谓"六朝金粉气"的销金锅，谁不笑笑呢！今天的一晚，且默了滔滔的言说，且舒了恻恻的情怀，暂且学着，姑且学着我们平时认为在醉里梦里的他们的憨痴笑语。看！初上的灯儿们一点点掠剪柔腻的波心，梭织地往来，把河水都皱得微明了。纸薄的心旌，我的，尽无休息地跟着它们飘荡，以至于怦怦而内热。这还好说什么的！如此说，诱惑是诚然有的，且于我已留下不易磨灭的印记。至于对榻的那一位先生，自认曾经一度摆脱了纠缠的他，其辩解又在何处？这实在非我所知。

我们，醉不以涩味的酒，以微漾着，轻晕着的夜的风华。不是什么欣悦，不是什么慰藉，只感到一种怪陌生，怪异样的朦胧。朦胧之中似乎胎孕着一个如花的笑——这么淡，那么淡的倩笑。淡到已不可说，已不可拟，且已不可想；但我们终久是眩晕在它离合的神光之下的。我们没法使人信它是有，我们不信它是没有。勉强哲学地说，这或近于佛家的所谓"空"，既不当鲁莽说它是"无"，也不能径直说它是"有"。或者说"有"是有的，只因无可比拟形容那"有"的光景；故从表面看，与"没有"似不生分别。若定要我再说得具体些：譬如东风初劲时，直上高翔的纸鸢，牵线的那人儿自然远得很了，知她是哪一家呢？但凭那鸢尾一缕飘绵的彩线，便容易揣知下面的人寰中，必有微红的一双素手，卷起轻绡的广袖，牢担荷小纸鸢儿的命根的。飘翔岂不是东风的力，又岂不是纸鸢的含德；但其根株却将另有所寄。请问，这和纸鸢的省悟与否有何关系？故我们不能认笑是非有，也不能认朦胧即是笑。我们定应当如此说，朦胧里胎孕着一个如花的幻笑,和朦胧又互相混融着的,因它本来是淡极了,淡极了这么一个。

　　漫题那些纷烦的话,船儿已将泊在灯火的丛中去了。对岸有盏跳动的汽油灯,佩弦便硬说它远不如微黄的灯火。我简直没法和他分证那是非。

　　时有小小的艇子急忙忙打桨,向灯影的密流里横冲直撞。冷静孤独的油灯映见黯淡久的画船(?)头上,秦淮河姑娘们的靓妆。茉莉的香,白兰花的香,脂粉的香,纱衣裳的香……微波泛滥出甜的暗香,随着她们那些船儿荡,随着我们这船儿荡,随着大大小小一切的船儿荡。有的互相笑语,有的默然不响,有的衬着胡琴亮着嗓子唱。一个,三两个,五六七个,比肩坐在船头的两旁, 也无非多添些淡薄的影儿葬在我们的心上——太过火了,不至于罢,早消失在我们的眼皮上。谁都是这样急忙忙的打着桨,谁都是这样向灯影的密流里冲着撞;又何况久沉沦的她们,又何况飘泊惯的我们俩。当时浅浅的醉,今朝空空的惆怅;老实说,咱们萍泛的绮思不过如此而已,至多也不过如此而已。你且别讲,你且别想!这无非是梦中的电光,这无非是无明的幻相, 这无非是以零星的火种微炎在大欲的根苗上。扮戏的咱们,散了场一个样,然而,上场锣,下场锣,天天忙,人人忙。看!吓! 载送女郎的艇子才过去,货郎担的小船不是又来了? 一盏小煤油灯,一舱的什物,他也忙得来像手里的摇铃,这样丁冬而郎当。

　　杨枝绿影下有条华灯璀璨的彩舫在那边停泊。我们那船不禁也依傍短柳的腰肢,欹侧地歇了。游客们的大船,歌女们的艇子,靠着。唱的拉着嗓子;听的歪着头,斜着眼,有的甚至于跳过她们的船头。如那时有严重些的声音,必然说:"这哪里是什么旖旎风光！"咱们真是不知道,只模糊地觉着在秦淮河船上板起方正的脸是怪不好意思的。咱们本是在旅馆里,为什么不早早入睡,掂着牙儿,领略那"卧后清宵细细长";而偏这样急急忙忙跑到河上来无聊浪荡？

　　还说那时的话,从杨柳枝的乱鬓里所得的境界,照规矩,外带三分风华的。况且今宵此地,动荡着有灯火的明姿。况且今宵此地,又是圆月欲缺未缺,欲上未上的黄昏时候。叮当的小锣,伊轧的胡琴,沉填的大鼓……弦吹声腾沸遍了三里的秦淮河。喧喧嚷嚷的一片,分不出谁是谁,分不出哪儿是哪儿,只有整个的繁喧来把我们包填。仿佛都抢着说笑,这儿夜夜尽是如此的,不过初上城的乡下老是第一次呢。真是乡下人,真是第一次。

　　穿花蝴蝶样的小艇子多到不和我们相干。货郎担式的船,曾以一瓶汽水之故而拢近来,这是真的。至于她们呢,即使偶然灯影相偎而切掠过去,也无非瞧见我们微红的脸罢了,不见得有什么别的。可是夸口早哩！——来了,竟向我们来了！不但是近,且拢着了。船头傍着,船尾也傍着;这不但是拢着,且并着了。厮并着倒还不很要紧,且有人扑冬地跨上我们的船头了。这岂不大吃一惊！幸而来的不是姑娘们,还好。(她们正冷冰冰地在那船头上。)来人年纪并不大,神气倒怪狡猾,把一扣破烂的手折,摊在我们眼前,让细瞧那些戏目,好好儿点个唱。他说:"先生,这是小意思。"诸君,读者,怎么办？

　　好,自命为超然派的来看榜样！两船挨着,灯光愈皎,见佩弦的脸又红起来了。那时的我是否也这样？这当转问他。(我希望我的镜子不要过于给我下不去。)老是红着脸终久不能打发人家走路的,所以想个法子在当时是很必要。说来也好笑,

我们，
醉不以涩味的酒，
以微漾着，
轻晕着的夜的风华。

我的老调是一味的默,或干脆说个"不",或者摇摇头,摆摆手表示"决不"。如今都已使尽了。佩弦便进了一步,他嫌我的方术太冷漠了,又未必中用,摆脱纠缠的正当道路惟有辩解。好吗!听他说:"你不知道?这事我们是不能做的。"这是诸辩解中最简洁,最漂亮的一个。可惜他所说的"不知道?"来人倒算有些"不知道!"辜负了这二十分聪明的反语。他想得有理由,你们为什么不能做这事呢?因这"为什么?"佩弦又有进一层的曲解。哪知道更坏事,竟只博得那些船上人的一哂而去。他们平常虽不以聪明名家,但今晚却又怪聪明,如洞彻我们的肺肝一样的。这故事即我情愿讲给诸君听,怕有人未必愿意哩。"算了罢,就是这样算了罢;"恕我不再写下了,以外的让他自己说。

叙述只是如此,其实那时连翩而来的,我记得至少也有三五次。我们把它们一个一个的打发走路。但走的是走了,来的还正来。我们可以使它们走,我们不能禁止它们来。我们虽不轻被摇撼,但已有一点杌陧①了。况且小艇上总载去一半的失望和一半的轻蔑,在桨声里仿佛狠狠地说,"都是呆子,都是吝啬鬼!"还有我们的船家(姑娘们卖个唱,他可以赚几个子的佣金。)眼看她们一个一个的去远了,呆呆的蹲踞着,怪无聊赖似的。碰着了这种外缘,无怒亦无哀,惟有一种情意的紧张,使我们从颓弛中体会出挣扎来。这味道倒许很真切的,只恐怕不易为倦鸦似的人们所喜。

曾游过秦淮河的到底乖些。佩弦告船家:"我们多给你酒钱,把船摇开,别让他们来啰嗦。"自此以后,桨声复响,还我以

---

① 杌陧(wù niè):(局势、局面、心情等)不安定。也作阢陧、兀臬。

平静了,我们俩又渐渐无拘无束舒服起来,又滔滔不断地来谈谈方才的经过。今儿是算怎么一回事?我们齐声说,欲的胎动无可疑的。正如水见波痕轻婉已极,与未波时究不相类。微醉的我们,洪醉的他们,深浅虽不同,却同为一醉。接着来了第二问,既自认有欲的微炎,为什么艇子来时又羞涩地躲了呢?在这儿,答语参差着。佩弦说他的是一种暗味的道德意味,我说是一种似较深沉的眷爱。我只背诵岂君的几句诗给佩弦听,望他曲喻我的心胸。可恨他今天似乎有些发钝,反而追着问我。

前面已是复成桥。青溪之东,暗碧的树梢上面微耀着一桁的清光。我们的船就缚在枯柳桩边待月。其时河心里晃荡着的,河岸头歇泊着的各式灯船,望去,少说点也有十廿来只。惟不觉繁喧,只添我们以幽甜。虽同是灯船,虽同是秦淮,虽同是我们;却是灯影淡了,河水静了,我们倦了,——况且月儿将上了。灯影里的昏黄,和月下灯影里的昏黄原是不相似的,又何况入倦的眼中所见的昏黄呢。灯光所以映她的秾姿,月华所以洗她的秀骨,以蓬腾的心焰跳舞她的盛年,以饧涩的眼波供养她的迟暮。必如此,才会有圆足的醉,圆足的恋,圆足的颓弛,成熟了我们的心田。

犹未下弦,一丸鹅蛋似的月,被纤柔的云丝们簇拥上了一碧的遥天。冉冉地行来,冷冷地照着秦淮。我们已打桨而徐归了。归途的感念,这一个黄昏里,心和境的交萦互染,其繁密殊超我们的言说。主心主物的哲思,依我外行人看,实在把事情说得太嫌简单,太嫌容易,太嫌分明了。实有的只是浑然之感。就论这一次秦淮夜泛罢,从来处来,从去处去,分析其间的成因自然亦是可能;不过求得圆满足尽的解析,使片段的因子们合拢来代替刹那间所体验的实有,这个我觉得有点不可能,至少于现在的我们是如此的。凡上所叙，请读者们只看作我归来后，回忆中所偶然留下的千百分之一二，微薄的残影。若所谓"当时之感"，我决不敢望诸君能在此中窥得。即我自己虽正在这儿执笔构思，实在也无从重新体验出那时的情景。说老实话，我所有的只是忆。我告诸君的只是忆中的秦淮夜泛。至于说到那"当时之感"，这应当去请教当时的我。而他久飞升了，无所存在。

　　……

　　凉月凉风之下，我们背着秦淮河走去，悄默是当然的事了。如回头，河中的繁灯想定是依然。我们却早已走得远，"灯火未阑人散"；佩弦，诸君，我记得这就是在南京四日的醋嬉，将分手时的前夜。

# 陶然亭的雪

## 小　引

　　悄然的北风,黯然的同云,炉火不温了,灯还没有上呢。这又是一年的冬天。在海滨草草营巢,暂止飘零的我,似乎不必再学黄叶们故意沙沙的作成那繁响了。老实说,近来时序的迁流,无非逼我换了几回衣裳;把夹衣叠起,把棉衣抖开,这就是秋尽冬来的惟一大事。至于秋之为秋,冬之为冬,我之为我,一切之为一切,固依然自若,并非可叹可悲可怜可喜的意味,而且连那些意味的残痕也觉无从觅哩。千条万派活跃的流泉似全然消释于无何有之乡土,剩下"漠然"这么一味来相伴了。看看窗外酿雪的同云,倒活画出我那潦倒的影儿一个。像这样喑哑无声的蠢然一物,除血脉呼吸的轻颤以外,安息在冬天的晚上, 真真再好没有了。有人说, 这不是静止——静止是没有的——是均衡的动,如两匹马以同速同向去跑着,即不异于比肩站着的石马。但这些问题虽另有人耐烦去想,而我则岂其人呢。所以于我顶顶合式,莫如学那冬晚的停云。(你听见它说过话吗? )无如编辑《星海》的朋友们逼我饶舌。我将怎样呢? ——有了! 在"悄然的北风,黯然的同云,炉火不温了,灯还没有上呢"这个光景下,令我追忆昔年北京陶然亭之雪。

　　我虽生长于江南,而自曾北去以后,对于第二故乡的北京也真不能无所恋恋了。尤其是在那样一个冬晚,有银花纸糊裱的顶棚和新衣裳一样缤缤的纸窗,一半已烬一半还红着,可以照人须眉的泥炉火,还有墙外边三两声的担子吆喝。因房这样矮而洁,窗这样低而明,越显出天上的同云格外的沉凝欲堕,酿雪的意思格外浓鲜而成熟了。我房中照例上灯独迟些,对面或侧面的火光常浅浅耀在我的窗纸上, 似比月色还多了些静穆,还多了些凄清。当我听见廓落的院子里有脚步声,一会儿必要跟着"砰"关风门了,或者"砧搭"下帘子了。我便料到必有寒紧的风在走道的人颈傍拂着, 所以他要那样匆匆的走。如此,类乎此的黯淡的寒姿,在我忆中至少可以匹敌江南春与秋的姝丽了, 至少也可以使惯住江南的朋友们了解一点名说苦寒的北方,也有足以系人思念的冬之黄昏啊。有人说,"这岂不将钩惹我们的迟暮之感?"真的! ——可是,咱们谁又是专喝蜜水的人呢。

　　总是冬天罢,(谁要你说?)年月日是忘怀了。读者们想决不屑介意于此琐琐的,所以忘怀倒也没要紧。那天是雪后的下午。我其时住在东华门侧一条曲折的小胡同里,而 G 君所居更偏东些。我们雇了两辆"胶皮",向着陶然亭去,但车只雇到前门外大外郎营,(从东城至陶然亭路很远, 冒雪雇车很不便。)车轮咯咯吱吱的切碾着白雪,留下凹纹的平行线,我们遂由南池子而天安门东,渐逼近车马纷填,兀然在目的前门了。街衢上已是一半儿泥泞,一半儿雪了。幸而北风还时时吹下一阵雪珠,蒙络那一切,正如疏朗冥濛的银雾。亦幸而雪在北京,似乎是白面捏的,又似乎是白泥塑的。(往往到初春时,人家庭院里还堆着与土同色的雪,结果是成筐的挑了出去完事。)若移在江南,檐漏的滴搭,不终朝而消尽了。

言归正传。我们下了车,踏着雪,穿粉房琉璃街而南,眩眼的雪光愈白,栉比的人家渐寥落了。不久就远远望见清旷莹明的原野, 这正是在城圈里耽腻了的我们所期待的。累累的荒冢,白着头的,地名叫做窑台。我不禁连想那"会向瑶台月下逢"①的所谓瑶台。这本是比拟不伦,但我总不住的那么想。

那时江亭之北似尚未有通衢。我们踯躅于白裳衣广覆着的田野之间,望望这里,望望那里,都很像江亭似的。商量着,偏西南方较高大的屋, 或者就是了。但为什么不见一个亭子呢? 藏在里边罢?

到拾级而登时,已确信所测不误了。然踏穿了内外竟不见有什么亭子。幸而上面挂着的一方匾;否则那天到的是不是陶然亭,若至今还是疑问,岂非是个笑话。江亭无亭,这样的名实乖违,总使我们怅然若失。我来时是这样预期的,一座四望极目的危亭,无碍无遮,在雪海中沐浴而嬉,宛如回旋的灯塔在银涛万沸之中,浅礁之上,亭亭矗立一般。而今竟只见拙钝的几间老屋, 为城圈之中所习见而不一见的, 则已往的名流觞咏,想起来真不免黯然寡色了。

然其时雪又纷纷扬扬而下来,跳舞在灰空里的雪羽,任意地飞集到我们的粗呢氅衣上。趁它们未及融为明珠的时候,我即用手那么一拍,大半掉在地上,小半已渗进衣襟去。"下马先寻题壁字②",来来回回的循墙而走,咱们也大有古人之风呢。

---

① 唐李白《清平调》中语。
② 宋周邦彦《清真集》中《浣溪沙》句。

看看咱们能拾得什么？至少也当有如"白丁香折玉亭亭"①一样的句子被传诵着罢。然而竟终于不见！可证"一蟹不如一蟹"这句老话真是有一点意思的。后来幸而觅得略可解嘲的断句，所谓"卅年戎马尽秋尘"者，从此就在咱们嘴里咕噜着了。

在曲折廓落的游廊间，当北风卷雪渺无片响的时分，忽近处递来琅琅的书声。谛听，分明得很，是小孩子的。它对于我们十分亲密，因为和从前我们在书房里所唱出的正是一个样子的。这尽可以使我重温热久未曾尝的儿时的甜酒，使我俯拾眠歌声里的温馨梦痕；并可以减轻北风的尖冷，抚慰素雪的飘零。换一句干脆点的话，就是在清冷双绝的况味中，它恰好给喝了一点热热酽酽的东西，使一切已凝的，一切凝着的，一切将凝的，都软洋洋觯着腰肢不自支持了。

书声还正琅琅然呢。我们寻诗的闲趣被窥人的热念给岔开了。从回廊下趸过去，两明一暗的三间屋，玻璃窗上帷子亦未下。天色其时尚未近黄昏；惟云天密吻，酿雪意的浓酣，阡陌明胸，积雪痕的寒皎，似乎全与迟暮合缘，催着黄昏快些来罢。至屋内的陈设，人物的须眉，已尽随年月日时的迁移，送进茫茫昧昧的乡土，在此也只好从缺。几个较鲜明的印象，尚可片片掇拾以告诸君的，是厚的棉门帘一个；肥短的旱烟袋一支；老黄色的《孟子》一册，上有银朱圈点，正翻到《离娄》篇首；照例还有白灰泥炉一个，高高的火苗窜着；以外……"算了罢，你不要在这儿写账哟！"

游览必终之以大嚼，是我们的惯例，这里边好像有鬼催着

① 我父亲从前在陶然亭见的雪珊女史的题壁诗："柳色随山上鬓青，白丁香折玉亭亭。天涯写遍题墙字，只怕流莺不解听。"——作者原注

似的。我曾和我姊姊说过，"咱们以后不用说逛什么地方，老实说吃什么地方好了。"她虽付之一笑，却不斥我为胡闹，可见中非无故了。我且曾以之问过吾师。吾师说得尤妙，"好吃是文人的天性"，这更令我不便追问下去。因为既曰天性，已是第一因了。还要求它的因，似乎不很知趣。如理化学家说到电子，心理学家说到本能，生机哲学者说到什么"隐得而希"……

　　闲言少表。天性既不许有例外，谈到白雪，自然会归到一条条的白面上去。不过这种说法是很辱没胜地的，且有点文不对题。所以在江亭中吃的素面，只好割爱不谈。我只记得青汪汪的一炉火，温煦最先散在人的双颊上。那户外的尖风呜呜的独自去响。倚着北窗，恰好鸟瞰那南郊的旷莽积雪。玻璃上偶沾了几片鹅毛碎雪，更显得它的莹明不滓。雪固白得可爱，但它干净得尤好。酿雪的云，融雪的泥，各有各的意思；但总不如一半留着的雪痕，一半飘着的雪华，上上下下，迷眩难分的尤为美满。脚步声听不到，门帘也不动，屋里没有第三个人。我们手都插在衣袋里，悄对着那排向北的窗。窗外有几方妙绝的素雪装成的册页。累累的坟，弯弯的路，枝枝枒枒的树，高高低低的屋顶，都秃着白头，耸着白肩膀，危立在卷雪的北风之中。上边不见一只鸟儿展着翅，下边不见一条虫儿蠢然的动（或者要归功于我的近视眼），不用提路上的行人，更不用提马足车尘了。惟有背后已热的瓶笙吱吱的响，是为静之独一异品；然依昔人所谓"蝉噪林逾静"[①]的静这种诠释，它虽努力思与岑寂绝

---

① 北齐《颜式家训》引梁王籍《入若耶溪》诗："蝉噪林逾静，鸟鸣山更幽。"又宋辛弃疾《稼轩词》中《祝英台近·序》中也有一段故事。

缘终久是失败的哟。死样的寂每每促生胎动的潜能,惟万寂之中留下一分两分的喧哗,使就烬的赤灰不致以内炎而重生烟焰;故未全枯寂的外缘正能孕育着止水一泓似的心境。这也无烦高谈妙谛,只当咱们清眠不熟的时光便可以稍稍体验这番悬谈了。闲闲的意想,乍生乍灭,如行云流水一般的不关痛痒,比强制吾心,一念不着的滋味如何? 这想必有人能辨别的。

炉火使我们的颊热,素面使我们的胃饱,飘零的暮雪使我们的心越过越黯淡。我们到底不得不出去一走,到底不得不面迎着雪,脚踹着雪,齐向北快快的走。离亭数十步外有一土坡,上开着一家油厂;厂右有小小的断坟并立。从坟头的小碣,知道一个葬的是鹦鹉;一个名为香冢,想又是美人黄土那类把戏了。只是一件,油厂有狗,喜拦门乱吠。G 君是怕狗的;因怕它咬,并怕那未必就咬的吠,并怕那未必就吠的狗。而我又是怯登土坡的,雪覆着的坡子滑滑的难走,更有点望之生畏。故我们商量商量,还是别去为妙。

我们绕坡北去时,G 君抬头而望 (我记得其时狗没有吠) 对我说,来年春归时,种些红杜鹃花在上面。我点点头。路上还商量着买杜鹃花的价钱。……现在呢,然而现在呢? 我惆怅着夙愿的虚设。区区的愿原不妨孤负;然区区的愿亦未免孤负,则以外的岂不又可知了。——北京冬间早又见了三两寸的雪,而上海至今只是黯然的同云,说是酿雪,说是酿雪,而终于不来。这令我由不得追忆那年江亭玩雪的故事。

# 湖 楼 小 撷

## 一 春 晨

这是我们初入居湖楼后的第一个春晨。昨儿乍来,便整整下了半宵潺湲的雨。今儿醒后,从疏疏朗朗的白罗帐里,窥见山上绛桃花的繁蕊, 斗然的明艳欲流。因她尽迷离于醒睡之间,我只得独自的抽身而起。

今朝待醒的时光,耳际再不闻沉厉的厂笛和慌忙的校钟,惟有聒碎妙闲的鸟声一片,密接着恋枕依衾的甜梦。人说“鸟啼惊梦”;其实这样说,梦未免太不坚牢,而鸟语也未免太响亮些了。我只以为梦的惺忪破后,始则耳有所闻,继则目有所见。这倒是较真确的呢。

记得我们来时,桃枝上犹满缀以绛紫色的小蕊,不料夜来过了一场雨,便有半株绯赤的繁英了。“小楼一夜听春雨,深巷明朝卖杏花。”可见自来春光虽半是冉冉而来,却也尽有翩翩而集的。来时且不免如此的匆匆;涉想它的去时,即使万幸不再添几分的局促,也总是一例的了。此何必待委地沾泥,方始怅惜绯红的姚冶尽成虚掷了呢。谁都得感怅惘与珍重之两无是处。只是山后桃花似乎没有觉得,冒着肥雨欣然半开了。我独瞅着这一树绯桃,在方椟内彷徨着。即如此,度过湖楼小住

桃花仿佛茜红色的嫁衣裳，
轻阴仿佛碾珠作尘的柔幂。

的第一个春晨。

## 二　绯桃花下的轻阴

　　轻阴和绯桃直是湖上春来时的双美。桃花仿佛茜红色的嫁衣裳,轻阴仿佛碾珠作尘的柔幂。它们固各有可独立之美,但是合拢来却另见一种新生的韶秀。桃花的粉霞妆被薄阴梳拢上了,无论浓也罢,淡也罢,总像无有不恰好的。姿媚横溢全在离合之间,这不但耐看而已,简直是腻人去想。但亦自知这种迷眩的神情,终久不会在我笔下舌端留余其万一的。反正今天,桃花犹开着,春阴也未消散,不妨自去领略它们悄默中的言说。再说一句,即使今年春尽,还有来年哩。"青山不改,绿水长流。"湖上春光来时的双美,将永永和"孩子们"追嬉觅笑。尊贵的先生们,请千万不要厌弃这个称呼哟!虽说有限的酣恣,亦是有限的酸辛;但酸辛滋味毕竟要长哩。正在春阴里的,正在桃花下的孩子们,你们自珍重,你们自爱惜!否则春阴中恐不免要夹着飘洒萧疏的泪雨,而桃树下将有成阵的残红了。你们如真不信,你们且觑着罢。春归一度,已少了一度。明年春阴换着桃花姊妹们的赭红的手重来湖上,你们可不是今年的你们了,它们自然也不是今年的它们了。一切全都是新的。惟我的心一味的怯怯无归,垂垂的待老了。

## 三　楼头一瞬

　　住杭州近五年了,与西湖已不算新交。我也不自知为什么老是这样"惜墨如金"。在往年曾有一首《孤山听雨》,以后便又好像哑子。即在那时,也一半看着雨的面子方才写的。原来西湖是久享盛名的湖山,在南宋曾被号为"销金锅",又是白居易、苏东坡、林和靖他们的钓游旧地,岂希罕渺如尘芥的我之一言呢?像我这样开头就抱了一阵狂歉,未免夸诞得好笑。湖山有灵,能勿齿冷?所以我的装哑,倒不消辩解得,一辩解可是真糟。说是由于才尽,已算谦退到十二分;但我本未尝有才,又何尽之有?岂非仍是变相的浮夸?一匹锦,一支彩笔,在我梦中吗也没有见,只是昏沉地睡。睡醒了起来,到晚上还依旧这么睡啊。

迁入湖楼的第一个早晨,心想今儿应当早早的起来,不要再学往常那么傻睡了。我住楼上,其上之重楼旁有小台。我就登临一望啊!这一望呀……

我们的湖山,姿容变幻:
春之花,秋之月,
朝生晖,暮留霭;
水上拖一件惨绿的年少裙衫,
山前横一抹浓青的婵娟秀黛。
游人们齐说:"去来,去来。"
我也道:"去来,去来。"
双桨打呀打的,
打不破这弱浅漪澜;
划儿动啊动的,
支不住这销魂重载,

仪态万方的春光晨光,

备具于一瞬眼的楼头望。

只有和谐，

只有变换，

只有饱满。

创世者精灵的团凝，

又何用咱们的赞叹。

　　赞颂不当，继之以描摹；描摹不出，又回头赞颂一番：这正是鼯鼠技穷的实况。强自解嘲地说，以湖山别无超感觉外之本相，故你我他所见的俱是本相，亦俱非本相。它因一切所感所受的殊异而幻现其色相，至于亿万千千无穷的蕃变，它可又不像《西游记》上孙猴子的金箍棒，"以一化千千化万"的叫声"变"，回头还是一根。如捏着本体这意念，则它非一非多，将无所在；如解释得圆融些，它即一即多，无所不在。佛陀的经典上每每说，"作如是观"，实在是句顶聪明的话语。你不当问我及他，"我将看见什么？"你应当问你自己，"我要怎样看法？"你一得了这个方便，从污泥中可以挺莲花，从猪圈里可以见净土；（自然，我没有劝你闭着眼去否认事实，千万不可缠夹了。）何况以西湖的清嘉，时留稠叠的娇茜影子在你我他的心眼里的呢？

　　从右看去，葛岭兀然南向。点翠的底子渲染上丹紫黑黄的异彩，俨如一块织锦屏风。楼阁数重停峙山半。绝顶上停停当当立着一座怪俏皮，怪玲珑，怪端正的初阳台，仿佛是件小摆设，只消一个小指头就可挑得起来的。岭麓西迄于西泠。迤西及北，门巷人家繁密整齐。桥上卧着黄绛色的坦平驰道。道傍有几丛芳草，芊绵地绿。走着的，踱着的，徘徊着的，笑语着的，成群搭淘的烧香客人。身上穿的大半是青莲毛蓝的布衫，项下挂的大半是深红老黄的布袋。桥堍以外，见苏堤六桥之第六名曰跨虹，作双曲线的弧拱。第五桥亦可望见。这儿更偏南了，上也有行人，只是远了，只见成为一桁，蚁似的往来。桑芽未生呢，所以望去也还了了。不栽桃柳只栽桑的六条桥，总伤于过朴过黯。但借着堤旁的绿的草黄的菜花，看它横陈在碧波心窝里，真是不多不少，一条一头宽一头窄，黄绿蒙茸的腰带。新绿片段地挽接着，以堤尽而亦尽，已极我目了。草色入目，越远便越清新，越娇俏，越耐看的。从前人曾说什么"芳草天涯"，到身历此境，方信这绝非浪饰浮词，恰好能写出他在当年所感。"更行更远还生"，满眼的春光尽数寄在凭阑人的一望了。

从粗疏的轮廓固可窥见美人的容姿，但美人的美毕竟还全在丰神；丰神自无离容姿而独在之理，但包皮外相毕竟算不得骨子。泥胎，木刻，石琢的像即使完全无缺，超越世上一切所有的美，却总归不是肉的，人间的，我们的。它美极了，却和我有什么相干呢？故论西湖的美，单说湖山，不如说湖光山色，更不如说寒暄阴晴中的湖光山色，尤不如说你我他在寒暄阴晴中所感的湖光山色。湖的深广，山的远近，堤的宽窄，屋的多少，……快则百十年，迟则千万年而一变。变迁之后，尚有记载可以稽考，有图画可以追寻。这是西湖在人人心目中的所谓"大同"。或早或晚，或阴或晴，或春夏，或秋冬，或见欢愉，或映酸辛；因是光的明晦，色的浓淡，情感的紧弛，形成亿万重叠的差别相，竟没有同时同地同感这么一回事。这是西湖在人人心目中的所谓"小异"。"同"究竟是不是大，"异"究竟是不是小，我也一概不知。我只知道，同中求异是描摹一切形相者的本等。真实如果指的是不重现而言；那么，作者一日逼近了片段的真实的时候，（即使程度极其些微）自能够使他的作品光景常新，自能够使光景常新的作品确成为他的而非你我所能劫夺。

　　景光在一瞬中是何等的饱满，何等的谐整。现在却畸零地东岔一言，西凑一句，以追挽它已去的影。这不知有多傻！若说新生一境绝非重现，岂不将与造化同功？此可行于天才，万不可施之我辈的。只是文章通例，未完待续。我只得大着胆再往下写。

　　曹魏时的子建写"洛灵感焉"的姿致，用了"神光离合乍阴乍阳"这样八个字。即此一端，才思恐决不止八斗。但我若一字不易的以移赠西湖，则连一厘一毫的才思也未必有人相许的。同是一句话，初说是新闻，再说是赘语了。（从前报登科的，二报三报，不嫌其多，这何等的有趣；可惜鬼子们进来以后，此法久已失传了。）我之所以拿定主见，非硬抄他不可，实因西湖那种神情，除此以外实难于形容。你先记住，我遇它时是在春晨，是在雨后的春晨，是在宿云未散，朝雾犹浓，微阳耀着的春晨。阴阳晴雨的异态在某一瞬间弥漫地动，在某一点上断续地变；因此湖上所具诸形相的光辉黯淡，明画朦胧，也是一息一息在全心目中跳荡无休。在这种对象之下，你逼我作静物描写，这不是要我作文，简直是要我的命。敝帚尚且有千金之享，我也不致如此的轻生。

　　但是一刹那，一地方的写生，我不好意思说不会。就是我好意思说，您也未必肯信的。只望你老别顶真，对付瞧着就得。湖光眩媚极了，绝非一味平铺的绿。（一见钩勒着的水，便拿大绿往上一抹，这总是不很高明的书法。）西湖的绿已被云收去了，已被雾笼住了，已被朝阳蒸散了。近处的水，暗蓝杂黄，如有片段。中央青汪汪白漫漫的，缭射云日的银光；远处乱皴着老紫的条纹。山色恰与湖相称,近山带紫,杂染黄红,远则渐青,太远则现俏蓝了。处处更萦拂以银乳的朝云,为山灵添妆。面前连山作障,腰间共同搭着一绺素练的云光,下披及水面,濛濛与朝雾相融。顶上亦有云气盘旋,时开时合,峰尖随之而隐显。南峰独高,坳里横一团鱼状的白云。峰顶庙墙,(前年曾登过的)豁然不遮。远山亭亭,在近山缺处,孤峭而小,俏蓝中杂粉,想远在钱塘江边了。

云雾正密搂着,朝阳忽然在其间半露它娇黄的脸,自然要被它们狠狠的瞪着眼。这个情急已欲出,它两个死赖还不走,而轻清的风便是拨乱其间的小丑。阴晴本是风的意思,但今儿它老人家一点主意也没有,一点力气也没有,好像它特地为着送给我以庭院中的鸡啼,树林中的鸟语,大路上的邪许担子声音而来的;又好像故意爱惜船夫的血汗,使大船儿小划子在湖心里,只见挪移而不见动荡。它毫不着力的自吹。春风的心力已软媚到入骨三分,无怪云雾朝阳都是这般妖娆弄姿,亦无怪乍醒的人凭到阑干,便痴然小立了。

## 四　日本樱花

记得往年到东京,挥汗游上野公园,只见樱树的嫩绿,不见樱花的娇绯。这追想起来,自有来迟之恨。但当时在樱树林下,亦未尝留一撮的徘徊,如往昔诗人的样子。于此见回忆竟是冤人的,又见因袭的癖趣必与外缘和会方才猖獗的。每当曼吟低叹时,我咒诅以往诗娼文丐的潮热潜沸在我待冷的血脉中。

回忆每有很鹘突的,而这次却是例外。今天,很早的早晨,在孤山的顶上,西泠印社中,文泉的南侧,朝阳的明辉里,清切拜见一树少壮的,正开着的樱花;遂涉想到昔年海外相逢,已伤迟暮的它的成年眷属来。我在湖上看樱花,此非初次;但独独这一次心上留痕。想是它的靓妆,我的恣醉,都已有"十分光"了。

柔条之与老干,含苞之与落英,未始不姿态万千,各成馨逸;可是如日方中的,如月方圆的,如春水方漪沦着的所谓"盛年",毕竟最可贵哩!毕竟最可爱哩!婴儿和迟暮,在人间所钩惹的情怀无非第一味是珍惜,第二味是惆怅罢了,终究算不得抵不得真正的爱和贵。恕我譬喻得这样俗陋,浅绯深绛即妖冶极了,堂皇富丽总归要让还大红的。肯定一切,否定一切,我又何敢。只是今晨所见,春山之顶,清泉之旁,朝阳光影中这一株日本绯樱,树正在盛年,花正在盛年;我虽不知所以赞叹,我亦惟有赞叹了。我于此体验到完全的美,爱和贵重是个什么样子的;顿然全身俯仰都不自如起来,一心瑟瑟的颤着,微微的敬着,轻轻的踯躅着,在洞彻圆明,娇繁盛满的绯赤光气之中央。

其时文泉之侧,除一树樱花一个我以外,只见有园丁在花下扫着疏落的残红,既不低眉凝注,也不昂首痴瞻,俯仰自如,心眼手足无不闲适;可证他才真是伴花爱花的人,像我这般竟无殊于强暴了。我蓦地如有所惊觉,在低徊中怅然自去。

也还有一桩要供诉的事。同在泉旁,距樱花西五七尺许,有一株倚水的野桃,已零落了;褪红的小瓣,紫色的繁须,前几天曾卖弄过一番的,今朝竟遮不住老丑了。我瞟了它一眼,绝不爱惜它。盛年之可贵如此!至少在强暴者的世界中心目中,盛年之可贵有如此!

## 五　西泠桥上卖甘蔗

《儒林外史》上杜慎卿说："菜佣酒保都有六朝烟水气。"这每令我悠然神往于负着历史重载的石头城。虽然，南京也去过三两次，所谓烟花金粉的本地风光已大半销沉于无何有了。幸而后湖的新荷，台城的芜绿，秦淮的桨声灯影以及其余的，尚可仿佛惝恍地仰寻六代的流风遗韵。繁华虽随着年光云散烟消了，但它的薄痕倩影和与它曾相映发的湖山之美，毕竟留得几分，以新来游屐的因缘而隐跃跃悄沉沉地一页一页的重现了。至于说到人物的风流，我敢明证杜十七先生的话真是冤我们的——至少，今非昔比。他们的狡诈贪庸差不多和其他都市里的人合用过一个模子的，一点看不出什么叫做"六朝烟水气"。从煤渣里掏换出钻石，世间即有人会干；但决不是我，我失望了！

倒是这一次西泠桥上所见虽说不上什么"六代风流"，但总使人觉得身在江南。这天是四月三日的午前，天气很晴朗，我们携着姑苏，从我们那座小楼向岳坟走去。紫沙铺平的路上，鞋底擦擦的碎响着。略行几十步便转了一个弯，身上微觉燥热起来。坦坦平平的桥陂迤逦向北偏西，这是西泠了。桥顶，西石栏旁放着一担甘蔗，有剥了皮切成段的，也有未去青皮留整枝的，还有一只水碗，一把帚是备洒水用的。最惹目的，担子旁不见挑担的人，仅有一条小板凳，一个稚嫩的小女孩坐着。——卖甘蔗？

看她光景不过五六岁，脸皮黄黄儿的，脸盘圆圆儿的，蓬松细发结垂着小辫。春深了，但她穿得"厚裹啰哆"的，一点没有衣架子,倒活像个老员外。淡蓝条子的布袄,青莲条子的坎肩,半新旧且很有些儿脏。下边还系着开裆裤呢。她端端正正的坐着。右手捏一节蔗根放在嘴边使劲的咬,咬下了一块仍然捏着——淋漓的蔗汁在手上想是怪粘的。左手执一枝尺许高,醉杨妃色的野桃,花开得有十分了。因为左手没得空,右手更不得劲,而蔗根的咀嚼把持愈觉其费力了。你曾见野桃花吗?(想你没有不看见过的。)它虽不是群芳中的华贵,但当芳年,也是一时之秀。花瓣如晕脂的靥,绿叶如插鬓的翠钗,绛须又如钗上的流苏坠子。可笑它一到小小的小女孩手中,便规规矩矩的,倒学会一种娇憨了。

至她并执桃蔗,得何意境?蔗根可嚼,桃花何用呢?何处相逢?何时抛弃?……这些是我们所能揣知的吗?你只看她那翦水双瞳,不离不着,乍注即释,痴慧躁静了无所见,即证此感邻于浑然,断断容不得多少回旋奔放的。你我且安分些罢。

我们想走过去买根甘蔗,看她怎样做买卖。后一转念,这是心理学者在试验室中对付猴鼠的态度,岂是我们应当对她的吗?我们也分明携抱着个小孩呢。所以尽管姑苏的眼睛,巴巴地直盯着这一担甘蔗,我们到底哄了他,走下了桥。

在岳坟溜达了一趟,有半点来钟。时已近午,我们循原路回走,从西塸上桥,只见道旁有被抛掷的桃枝和一些零零星星的蔗屑。那个小女孩已过西泠南塸,傍孤山之阴,蹒跚地独自摸回家去。背影越远越小,我痴望着。……

走过一个八九岁的男孩——她的哥?——轻轻把被掷的桃花又捡起来,耍了一回,带笑地喊:"要不要?要不要?"其时作障的群青,成罗的一绿,都不言语了。他见没有应声,便随手一扬。一枝轻盈婀娜刚开到十分的桃花顿然飞堕于石阑干外。

　　我似醒了。正午骄阳下,悄峙着葱碧的孤山。妻和小孩早都已回家了,我也懒懒的自走回去。一路闲闲的听自己鞋底擦沙的声响,又闲闲的想:"卖甘蔗的老吃甘蔗,一定要折本! 孩子……孩子……"

# 清 河 坊

　　山水是美妙的俦侣,而街市是最亲切的。它和我们平素十二分谂熟,自从别后,竟毫不踌躇,蓦然闯进忆之域了。我们追念某地时,山水的清音,其浮涌于灵府间的数和度量每不敌城市的喧哗,我们太半是俗骨哩!(至少我是这么一个俗子。)白老头儿舍不得杭州,却说"一半勾留为此湖";可见西湖在古代诗人心中,至多也只沾了半面光。那一半儿呢?谁知道是什么!这更使我胆大,毅然于西湖以外,另写一题曰"清河坊"。读者若不疑我为火腿茶叶香粉店作新式广告,那再好没有。

　　我决不想描写杭州狭陋的街道和店铺,我没有那般细磨细琢的工夫,我没有那种收集零丝断线织成无缝天衣的本领;我只得藏拙。我所亟亟要显示的是淡如水的一味依恋。一种茫茫无羁泊的依恋,一种在夕阳光里、街灯影旁的依恋。这种微婉而入骨三分的感触,实是无数的前尘前梦酝酿成的,没有一桩特殊事情可指点,也不是一朝一夕之功。我实在不知从何说起,但又觉得非说不可。环问我:"这种窘题,你将怎么做?"我答:"我不知道怎样做,我自信做得下去。"

　　人和"其他"外缘的关联,打开窗子说亮话,是没有那回事。真的不可须臾离的外缘是人与人的系属,所谓人间便是。我们试想:若没有飘零的游子,则西风下的黄叶,原不妨由它们花花自己去响着。若没有憔悴的女儿，则枯干了的红莲花瓣，何必常夹在诗集中呢？人万一没有悲欢离合，月即使有阴晴圆缺，又何为呢？怀中不曾收得美人的倩影，则入画的湖山，其黯淡又将如何呢？……一言蔽之，人对于万有的趣味，都从人间趣味的本身投射出来的。这基本趣味假如消失了，则大地河山及它所有的兰因絮果毕落于渺茫了。在此我想注释我在《鬼劫》中一句费解的话："一切似吾生，吾生不似那一切。"

离题已远，快回来吧！我自述鄙陋的经验，还要"像煞有介事"，不又将为留学生所笑乎？其实我早应当自认这是幻觉，一种自骗自的把戏。我在此所要解析的，是这种幻觉怎样构成的。这或者虽在通人亦有所不弃罢。

这儿名说是谈清河坊，实则包括北自羊坝头，南至清河坊这一条长街。中间的段落各有专名，不烦枚举。看官如住过杭州的，看到这儿早已恍然；若没到过，多说也还是不懂。杭州的热闹市街不止一条，何以独取清河坊呢？我因它逼窄得好，竟铺石板不修马路亦好；认它为 typical 杭州街。

我们雅步街头，则矻磴矻磴地石板怪响，而大嚷"欠来！欠来！"的洋车，或前或后冲过来了。若不躲闪，竟许老实不客气被车夫推搡一下，而你自然不得不肃然退避了。天晴还算好；落雨的时候，那更须激起石板洼隙的积水溅上你的衣裳，这真糟心！这和被北京的汽车轮子溅了一身泥浆是仿佛的；虽然发江南热的我觉得北京的汽车是老虎，（非彼老虎也！）而杭州的车夫毕竟是人。你拦阻他的去路，他至多大喊两声，推你一把，不至于如北京的高轩哀嘶长唳地过去，似将要你的一条穷命。

哪怕它十分喧阗，悠悠然的闲适总归消除不了。我所经历的江南内地，都有这种可爱的空气；这真有点儿古色古香。

　　我在伦敦、纽约虽住得不久，却已嗅得欧美名都的忙空气；若以彼例此，则藐乎小矣。杭州清河坊的闹热，无事忙耳。他们越忙，我越觉得他们是真闲散。忙且如此，不忙可知。——非闲散而何？

　　我们雅步街头，虽时时留意来往的车子，然终不失为雅步。走过店窗，看看杂七杂八的货色，一点没有 Show Window 的规范，但我不讨厌它们。我们常常去买东西，还好意思摔什么"洋腔"呢？

　　我俩和娴小姐同走这条街的次数最多，她们常因配置些零星而去，我则瞎跑而已。有几家较熟的店铺差不多没有不认识我们的。有时候她们先到，我从别处跑了去，一打听便知道，我终于会把她们追着的。大约除掉药品、书报、糖食以外，我再不花什么钱，而她们所买绝然不同；都大包小裹的带回了家，挨到上灯的时分。若今天买的东西少，时候又早，天气又好，往往雇车到旗下营去，从繁热的人笑里，闲看湖滨的暮霭与斜阳。"微阳已是无多恋，更苦遥青着意遮。"我时时看见这诗句自己的影子。

　　清河坊中，小孩子的油酥饺是佩弦以诗作保证的；我所以时常去买来吃。叫她们吃，她们以在路上吃为不雅而不吃；常被我一个人吃完了。油酥饺冰冷的，您想不得味罢。然而我竟常买来吃，且一顿便吃完了。您不以为诧异吗？不知佩弦读至此如何想？他不会得说："这是我一首诗的力啊！"

　　我收集花果的本领真太差，有些新鲜的果子，藏在怀中几年之后，不但香色无复从前，并且连这些果子的名目，形态，影儿都一起丢了。这真是所谓"抚空怀而自惋"了。譬如提到清河坊，似有层层叠叠感触的张本在那边，然细按下去，便觉洞然无物。即使不是真的洞然,也总是说它不出。在实际上,"说不出"与"洞然"的差别,真是太小了。

在这狭的长街上,不知曾经留下我们多少的踪迹。可是坚且滑的石板上,使我们的肉眼怎能辨别呢?况且,江南的风虽小,雨却豪纵惯了的。暮色苍然下,飒飒的细点儿,渐转成牵丝的"长脚雨",早把这一天走过的千千人的脚迹,不论男的女的老的少的村的俏的,洗刷个干净。一日且如此,何论旬日;兼旬既如此,何论经年呢!明日的人儿等着哩,今日的你怎能不去!不看见吗?水上之波如此,天上之云如斯;云水无心,"人"却多了一种荒唐的眷恋,非自寻烦恼吗?若依颉刚的名理推之,烦恼是应当自己寻的;这却又无以难他。

我由不得发两句照例的牢骚了。天下惟有盛年可贵,这是自己证明的真实。梦阑酒醒,还算个什么呢;千金一刻是正在醉梦之中央。我们的脚步踏在土泥或石上,我们的语笑颤荡在空气中,这是何等的切实可喜。直到一切已黯淡渺茫,回首有凄怆的颜色,那时候的想头才最没有出息;一方面要追挽已逝的芳香,一方面妒羡他人的好梦。去了的谁挽得住,剩一双空空的素手;妒羡引得人人笑,我们终被拉下了。这真觉得有点犯不着,然而没出息的念头,我可是最多。

匆匆一年之后,我们先后北来了。为爱这风尘来吗?还是逃避江南的孽梦呢?娴小姐平日最爱说"窝逸"。破烂的大街,荒寒的小胡同,时闻瑟缩的枯叶打抖,尖厉的担儿吆喝,沉吟的车骨碌的话语,一灯初上,四座无言;她仍然会说"窝逸"吗?或者斗然猛省,这是寂寞长征的一尖站呢?我毕竟想不出她应当怎样着想方好。

我们再同步于北京的巷陌,定会觉得异样;脚下的尘土,比棉花还软得多哩。在这样的软尘中,留下的踪迹更加靠不住了,不待言。将来万一,娴小姐重去江南,许我谈到北京的梦,还能如今日谈杭州清河坊巷这样的洒脱吗?"人到来年忆此年。"想到这里,心渐渐的低沉下去。另有一幅飘零的图画影子,烟也似的晃荡在我眼下。

　　话说回来,干脆了当!若我们未曾在那边徘徊,未曾在那边笑语;或者即有徘徊笑语的微痕而不曾想到去珍惜它们,则莫说区区清河坊,即什百倍的胜迹亦久不在话下了。我爱诵父亲的诗句:

　　　　只缘曾系乌篷艇,野水无情亦耐看。

# 西湖的六月十八夜

　　我写我的"中夏夜梦"罢。有些踪迹是事后追寻,恍如梦寐,这是习见不鲜的;有些,简直当前就是不多不少的一个梦,那更不用提什么忆了。这儿所写的正是佳例之一。在杭州住着的,都该记得阴历六月十八这一个节日罢。它比什么寒食,上巳,重九……都强,在西湖上可以看见。

　　杭州人士向来是那么寒乞相的;(不要见气, 我不算例外。)惟有当六月十八的晚上,他们的发狂倒很像有点彻底的。(这是鲁迅君赞美蚊子的说法。)这真是佛力庇护——虽然那时班禅还没有去。

　　说杭州是佛地, 如其是有佛的话, 我不否认它配有这称号。即此地所说的六月十八,其实也是个佛节日。观世音菩萨的生日听说在六月十九,这句话从来远矣,是千真万确的了,而十八正是它的前夜。

　　三天竺和灵隐本来是江南的圣地,何况又恭逢这位"大慈大悲救苦救难观世音菩萨"的芳诞,——又用靓丽的字样了,死罪,死罪! ——自然在进香者的心中,香烧得早,便越恭敬,得福越多,这所谓"烧头香"。他们默认以下的方式:得福的多少以烧香的早晚为正比例,得福不嫌多,故烧香不怕早。一来二去,越提越早,反而晚了。(您说这多么费解。)于是便宜了六月十八的一夜。

不知是谁的诗我忘怀了，只记得一句，可以想象从前西子湖的光景，这是"三面云山一面城"。现在打桨于湖上的，却永无缘拜识了。云山是依然，但濒湖女墙的影子哪里去了？我们凝视东方，在白日只是成列的市廛，在黄昏只是星星的灯火，虽亦不见得丑劣；但没出息的我总会时常去默想曾有这么一带森严曲折颓败的雉堞，倒印于湖水的纹衾里。

从前既有城，即不能没有城门。滨湖之门自南而北凡三：曰清波，曰涌金，曰钱塘，到了夜深，都要下锁的。烧香客人们既要赶得早，且要越早越好，则不得不设法飞跨这三座门。他们的妙法不是爬城，不是学鸡叫，(这多么下作而且险！)只是隔夜赶出城。那时城外荒荒凉凉的，没有湖滨聚英，更别提西湖饭店、新新旅馆之流了，于是只好作不夜之游，强颜与湖山结伴了。好在天气既大热，又是好月亮，不会得受罪的。至于放放荷灯这种把戏，都因为惯住城中的不甘清寂，才想出来的花头，未必真有什么雅趣。杭州人有了西湖，乃老躲在城里，必要被官府(关城门)佛菩萨(做生日)两重逼近着方始出来晃荡这一夜；这真是寒乞相之至了。拆了城依旧如此，我看还是惰性难除罢，不见得是彻底发泄狂气呢。

我在杭州一住五年，却只过了一个六月十八夜；暑中往往他去，不是在美国就是在北京。记得有一年上，正当六月十八的早晨我动身北去的，莹环他们却在那晚上讨了一支疲惫的划子，在湖中飘泛了半晌。据说那晚的船很破烂，游得也不畅快；但她既告我以游踪，毕竟使我愕然。

去年住在俞楼，真是躬逢其盛。是时和 H 君一家还同住着。H 君平日兴致是极好的，他的儿女们更渴望着这佳节。年年住居城中,与湖山究不免隔膜,现在却移家湖上了。上一天先忙着到岳坟去定船。在平时泛月一度,约费杖头资四五角,现在非三元不办了。到十八下午,我们商量着去到城市买些零食,备嬉游时的咬嚼。我俩和 Y、L 两小姐,背着夕阳,打桨悠悠然去。

归途车上白沙堤,则流水般的车儿马儿或先或后和我们同走。其时已黄昏了。呀,湖楼附近竟成一小小的市集。楼外楼高悬着眩目的石油灯,酒人已如蚁聚。小楼上下及楼前路畔,填溢着喧哗和繁热。夹道树下的小摊儿们,啾啾唧唧在那边做买卖。如是直接于公园,行人来往,曾无闲歇。偏西一望,从岳坟的灯火,瞥见人气的浮涌,与此地一般无二。这和平素萧萧的绿杨,寂寂的明湖大相径庭了。我不自觉的动了孩子的兴奋。

饭很不得味的匆匆吃了,马上就想坐船。——但是不巧,来了一群女客,须得尽先让她们耍子儿;我们惟有落后了。H 君是好静的,主张在西泠桥畔露地憩息着,到月上了再去荡桨。我们只得答应着;而且我们也没有船,大家感着轻微的失意。

西泠桥畔依然冷冷清清的。我们坐了一会儿,听远处的箫鼓声,人的语笑都迷蒙疏阔得很,顿遭逢一种凄寂,迥异我们先前所期待的了。偶然有两三盏浮漾在湖面的荷灯飘近我们,弟弟妹妹们便说灯来了。我瞅着那伶俜摇摆的神气,也实在可怜得很呢。后来有日本仁丹的广告船,一队一队,带着成列的红灯笼,沉填的空大鼓,火龙般的在里湖外湖间穿走着,似乎抖散了一堆寂寞。但不久映入水心的红意越宕越远越淡,我们以没有船赶它们不上,更添许多无聊。——淡黄月已在东方涌起,天和水都微明了。我们的船尚在渺茫中。

　　月儿渐高了,大家终于坐不住,一个一个的陆续溜回俞楼去。H君因此不高兴,也走回家。那边倒还是热闹的。看见许多灯,许多人影子,竟有归来之感,我一身尽是俗骨罢?嚼着方才亲自买来的火腿,咸得很,乏味乏味!幸而客人们不久散尽了,船儿重系于柳下,时候虽不早,我们还得下湖去。我鼓舞起孩子的兴致来:"我们去。我们快去罢!"

　　红明的莲花飘流于银碧的夜波上,我们的划子追随着它们去。其实那时的荷灯已零零落落,无复方才的盛。放的灯真不少,无奈抢灯的更多。他们把灯都从波心里攫起来,摆在船上明晃晃地,方始踌躇满志而去。到烛烬灯昏时,依然是条怪蹩脚的划子,而湖面上却非常寥落;这真是杀风景。"摇摆,上三潭印月。"

　　西湖的画舫不如秦淮河的美丽;只今宵一律妆点以温明的灯饰,嘹亮的声歌,在群山互拥,孤月中天,上下莹澈,四顾空灵的湖上,这样的穿梭走动,也觉别具丰致,决不弱于她的姊妹们。用老旧的比况,西湖的夏是"林下之风",秦淮河的是"闺房之秀"。何况秦淮是夜夜如斯的;在西湖只是一年一度的美景良辰,风雨来时还不免虚度了。

　　公园码头上大船小船挨挤着。岸上石油灯的苍白芒角,把其他的灯姿和月色都逼得很黯淡了,我们不如别处去。我们甫下船时,远远听得那边船上正缓歌《南吕·懒画眉》,等到我们船拢近来,早已歌阑人静了,这也很觉怅然。我们不如别处去。船渐渐的向三潭印月划动了。

　　中宵月华皎洁,是难于言说的。湖心悄且冷;四岸浮动着的歌声人语,灯火的微芒,合拢来却晕成一个繁热的光圈儿围裹着它。我们的心因此也不落于全寂，如平时夜泛的光景；只是伴着少一半的兴奋，多一半的怅惘，软软地跳动着。灯影的历乱，波痕的皱皱，云气的奔驰，船身的动荡……一切都和心象相溶合。柔滑是入梦的惟一象征，故在当时已是不多不少的一个梦。

及至到了三潭印月，灯歌又烂漫起来，人反而倦了。停泊了一歇，绕这小洲而游，渐入荒寒境界；上面欹侧的树根，旁边披离的宿草，三个圆尖石潭，一支秃笔样的雷峰塔，尚同立于月明中。湖南没有什么灯，愈显出波寒月白；我们的眼渐渐饧涩得抬不起来了，终于摇了回去。另一划船上奏着最流行的《三六》，柔曼的和音依依地送我们的归船。记得从前 H 君有一断句是"遥灯出树明如柿"，我对了一句"倦桨投波密过饧"；虽不是今宵的眼前事，移用却也正好。我们转船，望灯火的丛中归去。

梦中行走般的上了岸，H 君夫妇回湖楼去，我们还恋恋于白沙堤上尽徘徊着。楼外楼仍然上下通明，酒人尚未散尽。路上行人三三五五，络绎不绝。我们回头再往公园方面走，泊着的灯船少了一些，但也还有五六条。其中有一船挂着招帘，灯亦特别亮，是卖凉饮及吃食的，我们上去喝了些汽水。中舱端坐着一个华妆的女郎，虽然不见得美，我们乍见，误认她也是客人，后来不知从哪儿领悟出是船上的活招牌，才恍然失笑，走了。

不论如何的疲惫无聊，总得拼到东方发白才返高楼寻梦去；我们谁都是这般期待的。奈事不从人愿，H 君夫妇不放心儿女们在湖上深更浪荡，毕竟来叫他们回去。顶小的一位 L 君临去时只咕噜着："今儿玩得真不畅快！"但仍旧垂着头踱回去

我们坐了一会儿，
听远处的箫鼓声，
人的语笑都迷蒙疏阔得很，
顿遭逢一种凄寂，
迥异我们先前所期待的了。

了。只剩下我们,踽踽凉凉如何是了?环又是不耐夜凉的。"我们一淘走罢!"

他们都上重楼高卧去了。我俩同凭着疏朗的水泥栏,一桁楼廊满载着月色,见方才卖凉饮的灯船复向湖心动了。活招牌式的女人必定还支撑着倦眼端坐着呢,我俩同时作此想。叮叮当,叮叮冬,那船在西倾的圆月下响着。远了,渐渐听不真,一阵夜风过来,又是叮……当,叮……冬。

一切都和我疏阔,连自己在明月中的影子看起来也朦胧得甚于烟雾。才想转身去睡;不知怎的脚下踌躇了一步,于是箭逝的残梦俄然一顿,虽然马上又脱镞般飞驶了。这场怪短的"中夏夜梦",我事后至今不省得如何对它。它究竟回过头瞟了我一眼才走的,我哪能怪它。喜欢它吗?不,一点不!

# 阳台山大觉寺

夙闻阳台山大觉寺杏花之胜，以懒迄未往。今岁四月十日往游之，记其梗略云。是日星期四，连日阴，晨起天微露晴意，已约佩在燕京大学，行具亦备，于六时五十分抵南池子，七时车开，十五分出西直门，同车只一人，且不相识，兀坐而已，天容仍阴晴无主。数日未出，觉春物一新，频年奔走郊甸，均为校课，即值良辰，视同冗赘，今日以游赏而去，弥可喜也。弧形广陌，新柳两行，陇畔土房，杏花三四，昔阴未散，轻尘不飞，于三十三分抵西勾桥，佩已坐候于燕京校友门，并雇得小驴一头，携粉红彩画水持一，牛肉面包一包。其驴价一元二角，劝予亦雇之。"你不是在苏州骑过驴吗，有髀肉复生之感吧？"应之曰，"不。"雇得人力车，车夫二人，价二元五角。舍驴而车有四说焉。驴之为物，虽经尝试而不欲屡试，一也；携来饮食无车则安置不便，二也；驴背上诚有诗思，却不便记载，三也；明知车价昂，无如之何耳。

于五十五分过颐和园，望见大门，循东北宫墙行，浅漪一片，白鸭数只，天渐放晴，路如香炉。八时四分逾一大石桥，安和桥也，亦作安河。转入大道，亦土道也，特平坦，不复香灰耳。夹道稚柳青青，行行去去，渐见西山，童秃为主，望红石山口（俗呼红山口），以乘车不得过，循百望山行。其麓为天主教士所建屋。询车夫以百望山,不解,以望儿山呼之。山形较陡峭,上有磊石,有废庙,与载记合。三十分抵西百望,车夫呼以西北望,而公家则标之曰西北旺。自西勾桥至此十五里。(凡所记里数均车夫言之。)停车上捐,铜子十枚,驴则无捐。车夫购烧饼十枚,四里两家佃(晾甲店),又一车夫云六里殆误。过青龙寺门前,寺甚小。时为四十八分。五里太子务(太子府),已九时六分。以大路车辙深峻,穿村而过。此十里间,群山回合,其中原野浩莽,气象阔大。车中携得奉宽《妙峰山琐记》,有按图索骥之妙。所谓蜘蛛山顶,一松婆娑,良信。到于跌死猫盘道如何如何,驴夫之言莫能详也。至书中所谓蜘蛛如香炉,百望城子如烛台,则并不神似。出太子务抵黑龙潭不及一里,时为九时十四分。

登石坡,入龙王祠。殿在石级上,佩昔曾登之,云无可观览,徒费脚力。遂从侧门入,观潭。潭以圆廊绕之,循廊而行,从窗牖间遥看平畴,近瞩流水,即潭之一胜也。下临潭,不广而清,如绿琉璃,底有砾石。窄处为源,泡沫不盛。在此食甜面包及水,予所携也。佩云:"此绿绿得老,不如仙潭嫩绿。"又云:"其形如……其形如说不出。"黑龙潭固非方圆,亦非三棱也。此地予系初来,佩则重游矣。出时为三十七分。五十分白家疃,计程三里,有白家潭,白家滩异名,俗呼之。五里温泉村,有中法校附设中学在。此村颇大,亦整洁,壁上时见标语,忆其一曰,"温泉村万岁"。十时二分过温泉疗养院,未入游。二十五分,周家巷,巷口门楼,上祀文昌。已近城子山麓,望北安河隐约可辨。城子山上亦有庙,群山一桁,山腰均点缀以杏花,惜只可入远望耳。佩云:"杏花好,可惜背景差点。"诚然。北地山甚少水草,枯而失润,雄壮有余,美秀不足,不独西山然也。

值午,天渐热,大觉寺可望,路渐高,车夫以疲而行缓。进路不甚宽,旁有梨杏颇繁,均果园也。梨花只开七八分,作嫩绿色,正当盛时。杏则凋残,半余绛萼,即有残英未谢,亦憔悴可怜。家君诗云,"燕南风景清明最,新柳鹅黄杏粉霞"(《小竹里馆吟草》卷六),盖北方杏花以清明为候,诗纪实也。惟寺前之杏,多系新枝非老干,且短垣隔之,以半面妆向人,觉未如所期,聊作游散耳。十时四十六分抵大觉寺,自温泉村至此八里许。

入寺门,颇喧杂,有乞丐,从东侧升。引导流水,萦洄寺里,寺故辽之清水院,以泉得名。此在北土为罕见,于吾乡则"辽东豕"耳。既升,见浮屠,在大悲坛后,形似液池琼岛,色较黯淡。二巨松护之,夭矫拿攫。塔后方塘澄清,蓄泉为之。塘后小楼不高,佩登之,返告曰,"平常"。即在塔侧午食,荫松背泉,面眺平原。携有酱肉、肉松、鸭卵等物。佩则出英制 Corned Beef,启之,肉汁流石,而盒不开。适有小童经过,自告奋勇,携至香积厨代启之,酬以二十枚,面包两片。佩甘肉松,而予则甘其牛肉,已饱矣,犹未已,忽天风琅然挟肉松以飞,牛肉略尽其半,固不动也,于是罢餐。各出小刀削梨而食之。西行上领要亭,拾级下至四宜堂前,有半凋玉兰两株,其巨尚不如吴下曲园中物。小童尾随不去,佩又酬以十枚,导至殿外,观松上寄生槐榆,其细如指。问童子曰:"完了么?"答曰:"没有啦。"乃径出门去,小步石坡约半里,杏花仍无可观,遂登车上驴,十二时十分也。大觉寺附近还有胜景,惜我辈不知也。

小驴宜近不宜远,而阳台海甸间,往返八十余里。(车夫曰百里者,夸词也,为索车资作张本耳。)于去时,佩之驴已雅步时多,奔跑时少,归途则弥从容。驴夫见告,此公连日游香山卧佛寺等处，揣其意似爱惜之，不忍多加鞭策。虽时时以车候骑，予仍先抵温泉疗养院，时为十二时四十五分。待五分，佩至。此地有垂杨流水，清旷明秀，食浴均可。坐廊下饮西山汽水二，即入浴。人得一室，导汤入池，池形似盆，而较深广。平常浴水入后渐凉，猛加热汤又增刺激，此则温冷恰可，久而弥隽，故佳品也。至内含硫质有益卫生否，事近专门，予不知云。可惜者，池两端各一孔，一入一出，虽终日长流，而究不能彻底换水。浴罢复行，已一时三十五分。北方气候，甫晴便热，且溯来路而归，鲜可观览，原野微有燥风，与晨间之润邑不侔。过白家疃太子务两家佃，其行甚缓。途次，佩曰，"去的时候骑驴是军政，现在是训政时期，宪政还没有到哩。"话言甫毕，不数百武忽坠乘，幸无伤，然则训政时期到否亦有问题也。

近西百望时，与佩约会于清华，遂先行。过万寿山后，车夫饮水，天亦渐凉。经挂甲屯，穿行燕京大学，入西门出东门，四时六分抵清华南院，付车资二元六角，加以在寺所付之饭钱四角，共计三元。入校门饮冰一杯。返南院时佩已归，云至万寿山易骑而车，否则恐尚在途中也。小息饮茗，于五时半乘车返北京东城，抵家正六时三十分，适得十二时，行百二十里许。

# 山阴五日记游

　　九年四月三十日，晨九时，舆出杭州候潮门。轮渡钱塘江，潮落沙夷，浪重山远。渡江后弥望平衍，约十里许至西兴，苍陌湫隘不堪并舆。桥下登舟，凡三舱，乌篷画楫，有玻璃窗。十时行，并橹连墙，穿市屋树阴而去。小眠未成寐。正午穿萧山城过，河面甚狭。泊舟威文殿下，庙祀文昌关帝。饭罢即行，途中嘉荫曲港往往见之。埂陌间见一树。年久干枯，绕以翠萝，下垂如云发。八时泊柯桥，绍兴名镇。晚饭后复行。夜半泊柯岩下。

　　五月一日晨七时，步至柯岩。有庙，殿后有潭，石壁外覆，色纹黑白，斧凿痕宛然。有一高阁，拾级登之。殿傍又一潭，小石桥跨其上，壁间雕观音像。岩左一庙，大殿中石佛高三四丈，金饰庄严。审视，殿倚石为壁，就之凿像。庙后奇峰一朵，镌"云骨"两隶字，四面珑玲，上丰下削，峰尖有断纹，树枝出其罅，谛视欣赏不已。稍偏一潭，拨草临之，深窈澄澈，投以石块，悠悠旋转而下。

　　十时返棹，移泊雷宫，道中山川佳秀，左右挹盼。午后二时，以小竹兜游兰亭，约行七八里，沿路紫花繁开，而冈峦竹树杂呈翠绿。四山环合，清溪萦回。度一板桥，则兰亭在望矣。亭建于清乾隆时，新得修葺，粉垣漆楹，有兰亭、流觞亭、竹里行厨、鹅池等，皆后人依做，遗址盖久湮为田垅。然以今所见，雷宫兰亭之间,所谓"崇山峻岭,茂林修竹,清流激湍",则风物故依然也。流觞亭傍有右军祠。张筵小饮,清旷甚适。归途夕阳在山,得七律一首:

> 缕缕霞姿间黛痕,青青向晚愈分明。
> 野花细作便娟色,清濑终流激荡声。
> 满眼千山春物老,举头三月客心惊。
> 苍峦翠径微阳侧,凭我低徊缓缓行。

舟移十里,夜泊偏门。村人方祭赛演剧,云系包爷爷生日,四乡皆来会。其剧跳荡嗷嘈,而延颈企足者甚伙。傍舟观之,盖别有致。枕上闻雨声,入睡甚早。

二日清晨登岸,不数武抵快阁。乃一小楼,栏杆蔚蓝,额曰"快阁"。屋主姚氏,就遗址缔构。通谒而入,阍者导游。先登小楼,供放翁像,联额满壁。屋主富藏书,殆佳士。有园圃三处,虽不广,而池石花木颇有曲折。白藤数架,微雨润之,朗朗如玉璎珞。亭畔更有紫藤,相映弄姿。挪舟会稽山下,谒大禹庙,垂旒揎笏,容像壮肃。殿上蝙蝠殆千万,栖息梁栋间,积粪遍地。据云,蝠有大如车轮者。殿侧高处有窆石亭。石高五尺如笋尖,中有断纹,上有空穴。志载石上有东汉顺帝时刻文,已漫漶不可辨。宋刻文尚可读。石旁有两碑,一曰"禹穴",一曰"石纽",篆势飞动。出庙门,访岣嵝碑,系乾隆时摹刻。又谒禹陵,墓而不坟,仅一碑亭楷书曰"大禹陵"。后出林木苍蔚。

午食时天气炎热,移泊大树下。饭后以山兜入出,三里至南镇,庙宇新整,神像威武,茶罢即行。七里至香炉峰绝顶,山径盘旋直上,侧首下望,山河襟带,城镇星罗。秦望天柱诸山,宛如列黛。野花弥漫郊坰，如碎紫锦。中途稍憩小庙。又逾岭冈数重，始见香炉峰。峰形峭削，山径窄而陡，旁设木栏以卫行客。有石梁跨两崖间，逾之不数武，路忽转，两圆石对峙，舆行其间，乘者须敛足曲肱而过。绝顶仅一小庙，绝湫隘，闻值香汛，香客来者以千数。峰顶尖小，故除庙外无立足地，仅可从窗棂间下窥，绍兴城郭庐舍楚楚可辨，钱江一线远亘云表，群峰多如培塿，惟秦望独尊。天色欲雨，舆人催客，匆促下山。至南镇，见疏雨张盖。

返舟，移舟十里，见绕门山石壁。过桥，桥有闸，泊舟东湖，为陶氏私业。潭水深明浓碧。石壁则黑白绀紫，如屏如墙，有千岩万壑气象，高松生其颠，杂树出其罅。山下回廊闲馆，点缀不俗。绣球皎白，蔷薇娇红，与碧波互映。风尘俗士，乍睹名山，似置身蓬阆中矣？细雨飘洒，石肤弥润。雨乍止，挐舟行峭壁下。洞名仙桃，舟行其中，石骨棱厉，高耸逼侧，幽清深窈，不类人间。湖中大鱼潜伏，云有长逾丈者，天气郁蒸方出，虽未得观，而尺许银鳞荡跃水面，光如曳练，是日数见之。晚饭后易乌篷小艇而出，篷可推开，泛月良宜，并放棹外河，约半里许方归。是夕宿东湖舟中。

三日晨五时，船开，舟人喧笑惊梦。七时起看山，晓雾未收，初阳射之，与黛色银容相映，蔚为异采。遂泊舟攒宫，此名殆自宋已然，相沿未改。以山兜子行，道中密箐乔松，苍翠一色中，晓日侵肤都无炎气。挑柴者络绎于道。继而畦亩间黄绿杂呈，牛郎花遍山，数里不断。映山红犹未尽凋，错杂炫目。谒南陵(宋孝宗)北陵(宋理宗)，树木殿宇尚修整。又访度宗陵，仅存碑碣而已。归途经郭太尉殿，乃护陵之神，不知何许人也，殆南宋遗臣耶？殿中比附灵迹，如送子降纸等，甚伙。

归后船即行，移泊吼山下，一名狗山，拾级而登。一庙正当石峰下。峰之怪诡不可状，逼视而怪愈甚。左峰笔立，上置石圆锥形。右者尤奇，峰顶两石如倚，中有罅，罅有殿宇在。闻昔有僧居之，以缒汲通饮食，坐关行满而后下。复至庙后仰观，见峰巅庙榜曰"灵霄"，峰势欹侧如欲下压。凝盼移时，神思悚荡。

午食于沈氏庄，临水石荡，荡为其私业，蓄鱼甚多。饭后以小艇遍游之。岩壁高耸，萝薜低垂。有青狮白象之目，狮肖其首，象状其鼻。幽峭微减东湖，而弘深过之。安巢舅氏即在象鼻峰下题名，词曰：

庚申三月长沙张显烈约游吼山，风日晴美，山川奇丽，谈宴画欢，醉后题记。同游者德清俞陛云铭衡，钱唐许端之之引之贤之仙宝驯。钱唐许引之题记。

五时后舟歇绕门下，换舟而游。山正在开凿，皑皑似雪。一潭正方而小，其深骇人，下望懔然。投以钜石，半响始闻声轰然。又燃爆竹，回响如巨雷，亦一奇也。仍返泊东湖，晚饭后月色明洁，荡小舟至西面石壁下，形似小姑山，尖削如笋。泛月直至西郭门外。小步岸上，见铸锅者，熔铁入范时，银彩四流，伫观移时，始返舟睡。

四日早六时，附轮开船。下午二时到西兴，二时半渡江，至长桥，晚潮方至，厉涉而过。三时半返严衙弄许宅。综计是游，东湖最惬心，以为兼擅幽奇丽之妙，吼山奇伟，柯岩幽秀，炉峰峭丽，各擅胜场。爰略记梗概，以为他日重来之券。

# 芝田留梦记

　　湖上的华时显然消减了。"洞庭波兮木叶下。"何必洞庭，即清浅如西子湖也不免被渐劲的北风唤起那一种雄厉悲凉的气魄。这亦复不恶，但游人们毕竟只爱的是"华年"，大半望望然去了。我们呢，家于湖上的，非强作解人不可，即使有几个黄昏，遥见新市场的繁灯明天，动了"归欤"之念，也只在堤头凝望而已。

　　在杭州小住，便忽忽六年矣。城市的喧阗，湖山的清丽，或可以说尽情领略过了。其间也有无数的悲欢离合，如微尘一般的跳跃着在。在这一意义上，可以称我为杭州人了。最后的一年，索性移家湖上，也看六七度的圆月。至于朝晖暮霭，日日相逢，却不可数计。这种清趣自然也有值得羡慕之处。——然而，啖甘蔗的越吃到根便越甜，我们却越吃下去越不是味儿了。这种倒啖甘蔗的生活法，说起来令人悒悒，却不是此地所要说的。

　　湖居的一年中，前半段是清闲极了，后半段是凄恻极了。凉秋九月转瞬去尽，冬又来了。白天看见太阳，只是这么淡淡的。脚尖踢着堤上的碎沙，眼睛盯着树下成堆的黄叶。偶然有三三两两乡下人走过去，再不然便是邻居，过后又寂然了。回去，家中人也惨怛无欢，谈话不出感伤的范围，相对神气索然。

到图书馆去，无非查检些关于雷峰塔故事的书，出来一望，则青黛的南屏前，平添了块然的黄垄，千岁的醉翁颓然尽矣！

这还是碰着晴天呢，若下雨那更加了不得。江南的寒雨说有特具的丰神，如您久住江南的必将许我为知言。它的好处，一言蔽之，是能彻心彻骨的洗涤您。不但使你感着冷，且使它的冷从你骨髓里透泄出来。所剩下几微的烦冤热痛都一丝一缕地蒸腾尽了。惟有一味是清，二味是冷，与你同在。你感着悲哀了。原来我们的悲哀，名说而已，大半夹杂了许多烦恼。只有经过江南兼旬的寒雨洗濯后的心身，方才能体验得一种发浅碧色，纯净如水晶的悲哀。这是在北方睡热炕，喝白干，吃爆羊肉的人所难得了解的，他们将哂为南蛮子的癖气。

我宁耐着心情，不厌百回读似的细听江南的雨，尤其是洒落在枯叶上的寒雨，尤其是在夜分或平旦乍醒的时光，听那雨声的间歇和突发。

也是阴沉沉的天色，仿佛在吴苑西桥旁的旧居里。积雨初收，万象是十分的恬静，只浓酣的白云凝滞不飞，催着新雨来哩。萧寥而明瑟，明瑟而兼荒寒的一片场圃中，有菜畦，晚菘是怎样漂亮的；又有花径，秋菊是怎样憔悴的。环围曲墙上的蛎粉大半剥落了。离墙四五尺多，离地植着黄褐的梧桐，紫的柏，丹的枫，及其他的杂树。有几株已光光的打着颤，其余的也摇摇欲堕了。简截说，那旧家的荒圃，被笼络在秋风秋雨间了。

江南之子哟，你应当认识，并应当 appreciate 那江南。秋风来时，苍凉悲劲中，终含蓄着一种入骨的袅娜。你侧着耳，听落叶的嘶叫确是这般的微婉而凄抑，就领会到西风渡江后的情致了。一样的摇落,在北方是干脆,在我们那里是缠绵呢。这区别是何等的有趣,又是何等的重要。北方的朋友们如以此斥我们为软媚,则我是当仁不让的。

说起雨来,江南入夏的雨,每叫人起腻。所谓"梅子黄时雨",若被所谓解人也者领略了去,或者又是诱惑之一。但我们这些住家人,却十中有九是讨厌它的。冬日的寒雨,趣味也是特殊的,如上所说。惟当春秋佳日,微妙的尖风携着清莹的酥雨,洒洒刺刺的悠然来时,不论名花野草,紫蝶黄蜂同被着轻松松的沐浴,以后或得微云一罩,或得迟日一烘,絪缊出一种酣醉的杂薰;这种眩媚真是仪态万方,名言不尽的。想来想去,"照眼欲流",倒是一种恰当的写法。若还不恍然,再三去审度它的神趣,那就嫌其唐突了。

今天,满城风雨的清秋节,似乎荒圃中有什么盛会,所以"冠裳云集"了。来的总是某先生某太太小姐之徒,谁耐烦替他们去唱名——虽然有当日的号簿可证。我只记一桩值得记的romance。

我将怎样告诉你呢?老老实实,规规矩矩的直言拜上,还是兜个圈子,跑荡野马呢?真令我两为难!说得老实了,恐怕你用更老实的耳朵去听,以致缠夹;目下老实人既这般众多,我不能无戒心。说得俏皮一点,固然不错,万一你又胡思乱想,横生误会,又怎样办呢?目今的"误会"两字又这样的时髦!这便如何是好?不说不行,只有乱说。所谓"说到哪里是哪里","船到弯头自会直",这种行文的秘诀,你的修辞学讲义上怕还未必有。

在圆朗的明月中, 碧玉的天上漾着几缕银云, 有横空一鹤,素翅盘旋,依依欲下;忽然风转雪移,斗发一声长唳,冲天去了。那时的我们凭栏凝望,见它行踪的飘泊,揣它心绪的迟徊,是何等的痛惜,是何等的渴想呢。你如有过这种感触,那么,下边的话于你是多余的——虽然也不妨再往下看。

遥遥的望见后,便深深的疑讶了。这不是 C 君吗?七八年前,在北京时,她曾颠倒过我的梦魂。只是那种闲情,以经历年时之久而渐归黯淡。这七八年中,我不知干了些什么,生把前尘前梦都付渺茫了。无奈此日重逢,一切往事都活跃起来,历历又在心头作奇热了。"正是江南好风景,落花时节又逢君",不过是两个老头儿对唱个肥喏罢了,尚且肉麻到如此。何况所逢的是佳丽,更当冷清清的时节呢。

昔日的靓妆,今朝偏换了缟素衣裳;昔日的憨笑丰肌,今朝又何其掩抑消瘦,若有所思呢?可见年光是不曾饶过谁的,可见芳华水逝是终究没有例外的,可见"如何对摇落,况乃久风尘"这种哀感是万古不易磨灭的。幸而凭着翦翦秋水的一双眸子,乍迎乍送,欲敛未回,如珠走盘,如星丽天,以证她的芳年虽已在路上,尚然逡巡着呢。这是当年她留给我的惟一的眩惑哟!

她来在我先,搀着一个十三四岁的女婢坐在前列。我远远的在后排椅上坐了。不知她看见我没有,我只引领凝视着。

当乐声的乍歇,她已翩然而举,宛转而歌了。一时笑语的喧哗顿归于全寂,惟闻沉着悲凉的调子,迸落自丹唇皓齿间,屡掷屡起,百折千回的绵延着。我屏息而听,觉得胸膈里的泥土气,渐渐跟着缥缈的音声袅荡为薄烟,为轻云了。心中既洞然无物,几忘了自己坐在哪里,更不知坐得有多么久。不知怎的瞿然一惊,早已到了曲终人杳的时分;看见她扶着雏婢,傍着圊的西墙缓缓归去。

　　我也惘惘然走了罢!信步行去,出圃的东门,到了轿厅前。其时暂歇的秋雨,由萧疏而紧密,渐潺湲地倾注于承檐外,且泛滥于厅和门道间的院落里。雨丝穿落石隙,花花的作小圆的旋涡,那积潦之深可见了。

　　在此还邀得一瞬的逢迎,真是临歧的惠思啊。我看她似乎不便径跨过这积水的大院,问她要借油屐去吗。她点点头,笑了笑。我返身东行,向桐阴书舍里,匆匆的取了一双屐,一把油纸伞。再回到厅前,她已远在大门外。(想已等得不耐烦。)我想追及她。

　　惟见三五乘已下油碧帷的车子,素衣玄鬓的背影依依地隐没了。轮毂们老是溜溜的想打磨陀,又何其匆忙而讨厌呢。——我毕竟追及她。

　　左手搴着车帷,右手紧握她的手,幽抑地并坚决地说:"又要再见啦!"以下的话语被暗滋的泪给哽咽住了。泪何以不浪浪然流呢?想它又被什么给挡回去了。只有一味的凄黯,迎着秋风,冒着秋雨,十分的健在。

　　冰雪聪明的,每以苦笑掩她的悲恻。她垂着眼,嗫嚅着:"何必如此呢,以后还可以相见的。"我明知道她当我小孩子般看,调哄我呢;但是我不禁要重重的吻她的素手。

　　车骨碌,格辚辚的转动了,我目送她的渐远。

　　才过了几家门面,有一辆车打回头,其余的也都站住,又发生什么意外呢?我等着。

　　"您要的蜜渍木瓜,明儿我们那边人不得空,您派人来取罢。"一个从者扳着车帷这样说。

　　"这样办也好。你们门牌几号?"

　　他掏出一张黯旧的名片,我瞟了一眼,是"□街五十一号康□□铺"。以外忘了,且全忘了。

无厌无疲的夜雨在窗外枯桐的枝叶上又潇潇了。高楼的枕上有人乍反侧着,重衾薄如一张纸。

# 月下老人祠下

君忆南湖荡桨时,老人祠下共寻诗。

而今陌上花开日,应有将雏旧燕知。

闲兄最怕读拙作的小引,在此于是不写。但是——在一九二二年十一月二十日上找着一段日记,"节抄无趣,剪而贴之。"

午偕环在素香斋吃素,湖滨闲步,西园啜茗。三四妹来,泛舟湖中,泊白云观,景物清绝。有题壁诗四章,各默记其一而归,录其较佳者:"蝴蝶交飞江上春,花开缓缓唤归人。至今越国如花女,荡桨南湖学拜神。"更泛舟西泠,走苏堤上吃橘子。

更于抵京之后,十二月十一日写给环的歪诗上找着几句:街头一醉,依然无那荒寒,北风浣鬓,京洛茫茫尘土。冷壁寻诗,长堤买橘,犹记南湖荡桨侣。

够了! 再讲下去岂非引子乎? 然此亦一引子也,闲其谓我何? 况彼其时以"读经"故而不曾去乎? (谨遵功令,采用文言,高出滚鼓,诸公谅之。)

"人生能几清游? "除却这个,陈迹的追怀久而不衰,殆有其他的缘由在。

从天之涯海之角,这样悄悄地慢慢地归来。发纽约城过蒙屈利而①,绝落山机②至温哥华,更犯太平洋之风涛而西,如此走了二十三天,飘飘然到了杭州城站。真不容易呀!但您猜一猜,我住了几天? 不含胡,不多也不少,三天。

尖而怪的高楼,黑而忙的地道,更有什么 bus,taxi 等等,转瞬不见了。枯林寒叶的蒙屈利而,积雪下的落山机,温煦如新秋的温哥华,嘶着吼着的太平洋,青青拥髻的日本内海,绿阴门巷的长崎,疏灯明灭的吴淞江上,转瞬又不见了,只有一只小小的划子,在一杯水的西湖中,摆摇摇地。云呀,山呀,……凡伴着我的都是熟人哩。非但不用我张罗,并且不用我说话,甚而至于不用我去想。其滋味有如开笼的飞鸟,脱网的游鱼,仰知天地的广大,俯觉吾身之自在。月余凝想中的好梦,果真捏在手心里,反空空的不自信起来。我惟有惘惘然,"我回来了。"

冬天的游人真少,船到了漪园,依然清清冷冷的。从殿宇旁踅进去,便是老人的祠宇。前后两院落,中建小屋三楹,龛内老人披半旧的红袍,丰颐微须,面浅赭色,神仪俊朗,佳塑也。前后四壁,匾额对联实之。照例,好的少。其中有一联,并无他好,好在切题,我还记得:"愿天下有情人都成了眷属,是前生注定事莫错过姻缘。"岂是老人的宣传标语耶? 妙矣。

清绝的神祠,任我们四人徘徊着。曾否吃茶,曾否求签,都有点茫然。大概签是未求,因记载无考焉。茶是吃了,因凡湖上诸别墅的茶自来得好快,快于游人的脚步。当溜烟未能之顷,

---

① 蒙屈利而现译为蒙特利尔,加拿大第二大城市。
② 落山机现译为洛杉矶,位于美国加利福尼亚西南部,被称为"天使之城"。

而盖碗叮当,雨前龙井之流已缓缓来矣。好快的缘故,在我辈雅人是不忍言的哟。

茶已泡了,莫如老实不走,我们渐徘徊于庭院间。说是冬天,记得也有点儿苍苔滑擦。"下马先寻题壁字",我们少不得循墙而瞅,明知大概是有点"岂有此理"的,然而反正闲着,瞅瞅何妨。这一回却出"意表之外",在东墙角上见一方秀整的字迹,原来竟是诗!(题者的名姓失记。既非女史,记之何为? 此亦例也。)不但是诗,而且恰好四首,我们便分头去记诵,赌赛着。结果,我反正没有输给她们就是。至于"蝴蝶"云云也者是第一章,大家都记住了。

"老人祠下共寻诗"的事实,只如上记。说到感想未必全无,而在我,我们只是泛泛的闲适而已,说得哪怕再露骨点,自己觉得颇高雅而已,可没有别的了。环应当说"是的呀。"若娴珣二君复何所感,愧我脑子笨,当时未曾悬揣;此刻呢,阿呀,更加不敢武断。——这当然太顽皮了。

踯躅于荒祠下,闲闲的日子去得疾呵。我们还须重打桨北去西泠。其时日渐西颓,湖风悄然,祠下频繁的语笑,登舟后顿相看以寂寞。左眺翠紫的南屏山,其上方渲晕以浅红的光霭,知湖上名姝已回眸送客,峭厉的黄昏,主人公般快回来了。而其时我们已在苏堤上买橘子吃。

弥望皆髠秃的枯桑, 苏堤似有无尽的长, 我们走向哪里去?还是小立于衰草摇摇的桥堍罢。恰好有卖橘子的。橘子小而酸,黄岩也罢,塘栖也罢,都好不了。但我们不买橘子更何为呢?于是遂买。买来不吃又何为呢?于是便吃。在薄晚的西北风中,吃着冷而酸的橘子,都该记得罢?诸君。

太平洋的风涛澎湃于耳边未远, 而京华的尘土早浮涌于

朦胧入梦间；

斗然想起昨天匆匆的来时，

迢迢的来路，

更不得不想到明天将同此匆匆而迢迢的去了。

眼下来,却借半日之闲,从湖山最佳处偷得一场清睡;朦胧入梦间;斗然想起昨天匆匆的来时,迢迢的来路,更不得不想到明天将同此匆匆而迢迢的去了。这般魂惊梦怯的心情,真奈何它不得的。我惟有惘惘然,"我回来了?"

# 东 游 杂 志①

## （一）

　　昨日临发上海时，与众友人作别，顿感人生的空虚。佩弦、振铎送我登舟后，在夕阳明灭中，乘小轮返沪。渐行渐远，颜色已不可辨识，似犹见两君挥帽送我。此等怅惘，似觉比去国离乡更深一层：因对于国家乡土尚是暧昧的依恋，惟友情之爱为情感知识安慰的源泉，是光明的结晶体，是人间的一根剪不断的带子。振铎送我时说："你须对中国致个敬礼。"但我现在想，于其对故国致敬，不如对友人致敬更为妥切。严密讲来，真能当我的敬爱的，不是全中国，乃是中国的几个人而已。这自然是我的狭小，但真的感受是如此的，使我不能为自己深讳。我不愿意夸饰，因为要比狭隘更为可耻。我登舟别二君以后，心境幽昧而麻木；幸伟大渺茫的海天，足使心灵的急流返于平静。所感到的，也并不是明活的悲哀，只是朦胧的凄奇之影。自然真是慈母，只她能拥抱这于沙漠中失去甘泉的游子。海在那边怒吼，天在那边低沉：他们虽没有说什么，但我确能听到安慰的声音。

---

① 原载《时事新报·学灯》1922 年 8 月 2 日、3 日、19 日、20 日和 9 月 2 日。

## （二）

圣陶临别的时候说："将要离开一个地方,似乎那一个地方的一切都来压迫我,仿佛都说'快走罢,不要你了'! 因压力愈迫愈紧,我们终于上了旅路。"这真是极切当的话,我觉得不但环境是压迫我们的健将,即我们的自由意志,到那时也成为一种压迫之力,昨日的意志,今日的运命;那里有什么真的自由? 在我旁的一切月构成了一个笼子,人的一生只在笼子里面蒲伏呻吟。他们最喜欢说的是自由,但他们永不知道自由是什么。

## （三）

海洋中的生活,人都说是单调。确是不错。但我以为有两种好处不可埋没:(一)在海上最静,最适于疲劳于活动的人。在山林中虽是幽寂,然尚须治生计。若在海船上,则饮食坐卧均已安置得十分妥帖,可以毫不费心力。(二)在海上容易养成一种忍耐和平的心境。这对于天才虽或是一种变形的桎梏;但对于我们常人却很有益处。我数次海行,虽均心境恶劣,但平心论之,非海行之苦,乃离别之愁思所致。惟数十日间,与世界隔绝,孟真曾比之以"宫禁生活",确是海行最苦之事。至于晕船与起居的不习惯,都只是表面的痛苦。我个人的经验如此,曾作长途海行的读者以为如何?

## (四)

中国号船上,有欧美的贵族气息,金钱风味,却又加上东方的乱七八糟的空气,真使我十分不愉快。中西合璧,大约都是这样的一回事。我愈觉得调和妥协是欺人之谈,是腐败的根源。即现今有人说,我们要图东西两方文化的沟通;但东西文化究竟有无沟通的可能, 却真也是一个疑问。以我个人的判断,似乎东西的根本人生观很难得有沟通之路。即其余零碎的小节,也是每一发须牵动全身。要说调和又谈何容易?我原不是以为调和是绝对的不可能,不过以为不能如此简单,容易,像一般人所想象的。他们所以喜欢这样说,也并不是有真心的崇仰,只为自己出风头,造机会,做个大滑头而已! 岂有他哉!

## (五)

船中生活虽称单调,但东西人士每每群糅,故人生颜色亦颇具复杂之致。西洋妇女,最喜欢向人弄姿作态,寻欢索笑,殊觉可厌。有许多中国妇女尤而效之,借以表明其曾经欧化,可谓无意义之至! 世上只有小孩是真活泼的,如西洋妇女之活泼,是由矫揉造作而成。冷眼旁观,愈使吾辈增许多感叹,知人类距觉悟之期,殆将永如海上之三神山,托之空言而已。人生的活动,表现上似乎千变万化,而分析以观,便只有极简单极原始的几种冲动在那边串把戏。人的一生只做了一个猴子,哀哉!

## (六)

船上每吃饭,必狂鸣大锣;鸣锣之后,男男女女均整其衣履,鱼贯而入餐室。此等光景更活像耍猴子了!我从前欧游,颇崇拜欧西之生活;此次美游,则心境迥异。觉得有许多地方,西方人正和我们有同样的盲目可怜,又何必多所叹羡哉!

## (七)

海上看落照最美,一抹胭脂痕在青苍的上面,渐渐的玫瑰色了,渐渐的紫了,终于暮色与海天相拥抱了。这又是一天!我凭阑西眺,心悠悠随着落日而西。借你的光辉,去照临黄海以西的,我的故土,在我的爱人面前,在我的朋友面前,致我今朝的感念哟!

## (八)

十一夜,舟发长崎,月正团圆,海天一碧,四岸翠帏森环,雄峭幽穆。长崎市灯火满山,明灭于中流。此等良辰美景,惜心中无有赏心乐事;故凭阑凝眺,愁思茫茫。视前月与振铎、佩弦等泛月西湖上,吹弹未毕,继以高歌,以中夜时分,到三潭印月,步行曲桥上时闻犬吠声;其苦乐迥不相侔。是知境无哀乐,缘情而生;情化后的景物,方是人间之趣。形之歌咏,惟此而已。是夜长崎之月,以我所经历者而论,有西湖之秀美,有绍兴东湖之森肃,而遍山灯火,更酷似香港之夜景。我虽不乐登眺,但美景不可孤负,故略记之。

## (九)

十一日船泊长崎上煤,不用起重机,却用无数人工。自早十时至夜八时营营不止。作工者有男有女,在烈日之下,流汗不息。煤屑飞扬,鼻为之室,肤为之黑。作工者状如鬼魅,筋力疲惫,仍复力作;而船上员司及旅客,则凭阑闲眺,既恶其扰,又嫌其迟缓,似金钱之力远胜于人生矣。西方妇女,处处保持其骄奢、傲慢、柔媚的空气,向人作种种怪态。吾辈诸客亦复徐步甲板上,观他人工作,以取闲适。此等情景,真是万恶的象征,不信人间应当可以如此。我后即返舱中,颓然就卧。始信现代文明,一言以蔽之,罪恶而已,掠夺而已。吾辈身列头等舱,尚复嗟怨行役之苦,可谓"不知稼穑之艰难",亦可谓毫无心肝。苟稍有人心者,睹近代罪恶的源泉在于掠夺,则应当以全心力去从事社会运动,即懦怯的人,至少亦须去从事民间运动。高谭学术,安富尊荣,此等学者(?)人间何贵?换言之,不从制度上着手,不把根本上的罪孽铲除了,一切光明皆等于昙花一现。"九泉之下尚有天衢"。世间之酷虐岂有穷极耶?兴思及此,一己之烦闷可平,而人世之悲哀愈烈,觉前路幽暗,如人修夜,永无破晓之新希矣。海天无际,与愁思同其广漠。太平洋的波涛,能洗净这灰色的人间世么? 恐怕也是灰色化了!

## (十)

谁能将全生命葬于微笑之中? 依我说,是有勇气的人,即使有沉沦的勇气,也就足够了。像我这样的懦怯,只是东西南北,长此飘流。永无宁晷,人谓无可无不可者,我却视为无一而可。此等痴愚,不但不笑,且将自笑。颉刚曾写信给我,愿我永在歧路之前,现在果然应他的话了。啊!

## (十一)

前从英伦返国,远远望见吴淞新绿一桁,横列天际,顿欣欣然有归来之感。此次舟进长崎,翠屿星罗,左右挹盼,而我不但木然无动于衷,反添了一种茫昧的乡思,古人所谓"风景不殊,举目有山河之异",良非欺人之谈。美感只是一种趣味,至于为苦为乐则随情境而异,非美之本身所具有也。美景良辰赏心乐事,固是人间之至乐;但"良辰美景奈何天,赏心乐事谁家院",便是悲怆胜于欢情矣。此理俯抬即是,兹举其一例而已。

## (十二)

客中最患作梦, 恶梦固不佳, 即好梦亦无非添醒后之怅惘。此次远行,屡作梦;醒后辄半日不快,欲排遣而不可得。欲写之以诗,又不易下笔,每觉情感之深,非言文所能宣达。故近来不愿作诗,其实非不愿,乃是不能也。模糊影响之作品,阅之更令人不乐,反不如干干净净,一字不提,尚不失为知难而退,善于藏拙的人。我作此杂记,本视为一种不署名的信札,不得以文艺沦,故与藏拙的主张无碍。

# (十三)

十四日船泊日本横滨。我们因有半日耽搁，故作东京之游，京滨高架电车，往返不及两小时，三等车中甚整洁，绝无涕唾随处发现，京滨间平野一绿，村落甚多，偶有小山，亦无高峻之态。经数驿，如鹤见川崎等等，始抵东京驿。我们以青年会之导引，赴上野公园参观东京博览会。此会分第一第二两会场，规模甚广大，我等走马看花，如入五都之市，可谓莫名其妙。以同游人多，故于美术馆本思多浏览一点，亦未能如愿，深为憾惜。匆匆涉猎所及，觉雕刻似不甚佳，图画则颇有一种日本独具之风格。因未得纵览，故亦不能详细申说。其余各馆，我尤不能有所批评。惟东京自治会馆对于东京市政，有一种系统的计划，比我国北京的市政高明得多多。最令人注意者，是把满蒙和朝鲜、□□、台湾、北海道等并列，殊令人不豫。满蒙出品陈列馆，原名满蒙馆，因我国人士抗议之后，临时改为聚芳园(名字不通之至)，而印刷品上均列为满蒙馆。他们以匆促不及更正为托词，而其实无非是掩耳盗铃，所谓司马昭之心，路人皆见。且尤可怪者，惟满蒙馆有特别赠品，《满蒙之现况》书一本专说明满蒙天产之如何丰富，日本现在势力之如何广大，我国行政之如何腐败，促醒彼国一般人士的注意。此书以外，又有《满铁事业概况》一本，《满蒙馆出品物解说书》一本，又另赠彩画明信片(绘叶书)两张，一张是满蒙馆之外景，一张是大连舟车联络图，画了许多有辫子的人。此等侮辱固可恨，但其心思更可畏惧。日本之窥伺中国，已可谓无微不至。而我国人士除有一种盲目的排日气息以外，便不见有何等实际调查。此等光景,较之"盲人骑瞎马,夜半临深池",尤为奇险。我原不要鼓吹一种狭隘的国家思想,但邻邦既把那种侵略的态度,我们也不得不作自卫的准备。抵抗强暴,正是一种正义。在现今的状况下,我不相信消极的无抵抗,有实现的可能。起来哟! 我们反对一切的侵略,所以也反对人家来侵略我们!

## (十四)

在长崎发舟,见送行者与登舟之客各执五彩纸条之一端,万缕千条,随风飘荡,依依可怜。船将发时,船上奏乐,岸上挥帽,一种怅惘之情,使我辈异方作客者亦为之黯然无语。古今别恨,无处无之,岂必销魂桥,阳关柳乎?古人所谓"万里乾坤,百年身世,惟有此情苦",信是至当之论。抒写离愁之文艺已车载斗量,但令人仍不牛厌倦者,正因此等愁恨,人人所同具,至多只有深浅之不同,故读其文词,有左右逢源之乐,忘其为老生常谈矣。天下只有最简单、普遍的事情,是能永久。譬如《古诗十九首》,写的无非是男女之爱(性欲),富贵之羡慕(虚荣心及物质上的欲望),贪生怕死的心思(生存欲)。但千载以下尤有生气,不因时代之迁移而损其价值,正因此等欲望,为人人所同具,无间于古今中外也。至于写一种特殊的事实,心境的作品,从本身上看,或者声价是很高的。但时过境迁,此等文艺也成为陈迹,不足以摇荡人心。如《儒林外史》一书,现代人读之,有些已不感到兴趣。因书中人物,与现代人的生活相去太远,不容易得一种深切的了解。《红楼梦》便不然,因它是一部情场失意的书。《水浒》也不然,因它有浪漫的色彩。李逵、宋江等人,虽世间不必真有其人,但似乎不可无其事。因为这些"英雄好汉"的生涯,很可以满足我们的好奇心。我并不是在这里批评这三部书本身的优劣,不过举例以明之。"信手拈来自成妙谛",这真是句聪明不过的话。天下俯拾皆是之东西,往往便是妙谛。一切不可以深求,深求反失之。象罔得玄珠于赤水,言无心触机之可贵也。我们不得以难易而判优劣。天下自有许多难能的事,但却并非即是可贵的。

## (十五)

西洋的音乐,比较上是很繁复的。但感人之处,却并不深远。这在一方面想,自然因我们的没有相当训练,所以不能了解。但另一方面说,也许简单的音调,自有它的价值。我于音乐无所知,当然只有盲摭。但我想,鸟的歌声,海的涛音,都是极简单的,何以也能感人深远?可见判断音乐的标准,不能以繁简难易为衡,仍当以感染性为主。这自然不可拘执着,西方人喜欢的,未必东方人便喜欢。反之亦然。美的感染,确与民族区分有些关系。西方人所爱尚的,往往偏于机械的;东方人的好尚,则比较偏于自然的。西方人喜听繁音促节的音乐。东方人则以低度曼声为美。我们不能了解他们,犹他们之不能了解我们。这里边只有好恶,并没有是非可言。我们固然不可"夜郎自大",但也不必处处"舍己从人"。多歧才是美的光景,我们何不执一以相缠呢?

## (十六)

性质刚柔,原由禀赋,亦即地方风土有别。什么是优,什么是劣,本不容易说。但比较起来,就中国而论,是北部和中部的人,品性略优良些。这自然是从大体上说,不是拿各个人来相比的。浑沌的粗坯犹可加以雕琢,使成良材。至于脆薄的东西,虽莹澈如晶工,亦始终无有用处。这可以见厚重之可贵。我看见中国人在海外建些事业的,都是南部的人。但他们做的事,都充满了一种市侩气息,不足以代表东方人的特质。中国号是大洋中我国第一只邮船;但看他中间的布置,简直是一很蹩脚的美国式船。这实在使我深切地感到不安,觉得东方人的特质,似乎已消沉了。日本人做事还不失为很好的摹仿,中国人做事便是"画虎类狗"了。连摹仿都还不会,更说什么创造!

## (十七)

游东京市上,见两旁店中陈列,尽是些日本土产。若返观上海、天津,又不知增多少恐惧、感慨。我每作国外之游,必觉得国际间物质上压迫之烈,而空谈文化,仿佛又是"远水不济近火"。我国近年政治的纷乱,实在根本上受害不浅。我们第一要求的,是较有秩序的社会。因为社会如无秩序,一切事业均无从着手。若不作物质精神双方并进的救济,便无从挽救中国的沉病。我们应认定现存的事实,具体地想一个急救的方策,黄金色的理论,且让它去悬着罢。我也知道,这些是不彻底的思想。但世间果有彻底的思想么?彻底的思想是什么?依我说来,便是包医百病的仙方。我们不当迷信万能,我们也不能迷信彻底。我们住在世界上,便被迫着去承认世界上现有的事实。说的话是否高明,我们无从分辨;但无论如何,闭着眼睛说话,总是不可信的。中国的病根,本宜标本兼治。若就目前论,治标尤急于治本,人已以我为鱼肉,我们不想赶紧关门,反在那边画图样,造新屋。墙破了,强盗进来了,看你有翻造新屋的可能么?我们第一要塞住这个长流的漏洞,使它不至于马上就呜呼哀哉,然后方能谈到后事。我以为政治上、工商业上的人才,实是现时代中国的中坚人物。

## (十八)

历年来作政治经济上活动的,亦已不少。但何以一点效果没有,反添了无数的扰乱?这有两个原因:(一)他们不联合起来。(二)他们以个人为目标,不是为自己,就是为一个首领、一个党的私利。所以现在最要紧的是联合(人才集中),更要紧的,是有主义的联合,不是私人的联合。我们不当忠于一个人,应当忠于一个主义。近来国内发生新的政治运动,我很欣喜,希望他们能真实地做出一点事,不要随波逐流,蹈前车的覆辙,反为他人造机会。中国社会原是个万恶的陷阱。走路的人,小心些啊,不要掉了下去。但自然,不能为有陷阱,就根本不去走路了。我们应当提着个灯儿去,这就是我们的 ideal 了。

## (十九)

横渡太平洋的海程中,并不能十分领略自然的伟大;因为我们的眼光真太狭小了。虽有广漠无垠的宇宙,但在我的心头,却是个狭狭的笼子。这纯然是无可奈何的事。幸而从横滨到火奴鲁鲁道中,有三尺的大风浪,尚略可窥见太平洋的颜色。涛头小山似的,银白的沫痕上面,再倾洒出雾縠般的珠子,高浪一来的时候,船舷上都泛滥着花花的海水。在当时虽不免稍感恐怖,但美感却也同时存在着。我不能不感谢太平洋的风涛啊,在安抵火奴鲁鲁的时候。

## (二十)

二十四日在火奴鲁鲁,作三小时之游,同行者五人,以摩托车登 PoliCliff,高千二百尺。道中林木森苍,峰回路转,绝似杭州西湖之南山佳处。而驰道坦平,荆榛蕪剪,尤觉少跋涉之劳,有登峰之美。岩系百余年前战迹,有碑记之。节录如下。

Erected by the daughters of hawaii 1907 to Commemorate The Battle of Nunaau fought in This Vailey 1795……

开导者言,有多数战士即被投掷于岩下而死。岩上天风浩然,不易驻足。左侧可跳一峰之顶,峭然高拥。对面平野莽然,一碧无际。我们循原路下山,瞬许即到。又循一土路,登一已死的火山,名 Punchbourl。土作赤黄色,可以纵观火奴鲁鲁全市景物,鱼鳞栉比,尽是人家,尽处一抹青苍,知是太平洋矣,是时落日西匿,晚霞扰媚,驱车人市,则灯火如繁星,如置身欧美都市之间。火奴鲁鲁华名檀香山, 以从前岛中檀香木颇多之故,今则檀香木已甚少,名不称实,似以译音名之为宜。岛中一般住屋,不甚高大,惟茂荫芳香,杂以红紫,则无处不是乐园,谓为海上明珠,殆非虚誉。以我批评,此岛有两特异之优点:(一)地在温热两带之间,故风物能兼两带之美。(二)秩序谨严,

颇有自治之力(警察大街上不易看见),非香港、上海、新加坡
之比。至于何以能保持秩序,则非三小时之游客所能知。但此
岛非大商埠,想亦是其间原因之一。美人管理此岛,不及三十
年,而全境荒榛几尽辟除。真令我们愧而且惧,觉得西方人真
是自然的肖子。东方人的颓废气息如此浓厚,想距沉沦之日不
远矣。沉沦老实说一句也是无可怕的;但我们却总不自觉地发
为叹息之音。这就是我们的赞颂了。

　　凡海船上例有一种演习, 名 Boat drill 是以备不虞之用。
此次中国号船上,却因此发生意外的惨剧。我缕述当日情形于
下。七月二十七日下午,正在吃茶时候(四点以后),船操已完
了。船上职员均已离去甲板,只有一两个水手在那边整理救生
舢板。哪里知有一救生船,铁钩断了,一水手在船上,立时堕入
海中。当时丢下两个救生圈,但因船正启动,漩涡甚急,他亦没
有抓住。后来即停船,放下一艘救生艇,四面寻觅,了无踪迹。
有几个水手说曾看见有人首在海面浮着,也是影响之谈,并靠
不住。船停了一小时,因寻觅不到,只得开行,那人就算白死
了。后来听说那一人是香港人,年二十五岁,来船上不久,家中
有母妻及小孩两个。奔走异乡,备尝辛苦,无非为博养赡之资,
一旦遭逢此变,人生至此,又何可言,况且此事发生的原因,并
非由于自己的粗忽,实在中国邮船公司太腐败了。救生艇是极
重要的,怎么可以不加检查,使铁钩不能胜一二人之重。一艇
必须安置四十二人,如果真四十二客登此小艇,则恐怕大船未
沉,小船先覆矣。此等 life boat 不如叫他为 lifeless boat,较为切
合些。这是船公司应负责者一。当时水手落海,船仍在开行,俟
船完全停止,距失事之地点,相去已远。(因汽机虽停船尚在缓
行)要想作万之一挽救,则救生艇至少亦须派三艘,分头找寻,

方有效力。现在只放下一艘,茫茫大海,何殊捞针。是明系以人命为儿戏,好在死的是不关痛痒的黄种苦力,有什么要紧呢。有了许多救生艇,何所吝惜,而不肯多放几艘下去? 这是船公司应负责者二。到船开了的时候,还有一水手在桅顶眺望,想是死者之友人! 他是怅望着了,徒然地怅望着了。言念及此,始信人生如弱蒂轻尘,了无归宿,只有飘泊,只有彷徨,是他的可能的路。死者诚可悯惜,然亦只是悲哀之海洋中,一点的泡沫而已。二十八日船客集资,抚恤死者之家属。这自然是正当的办法,但金钱又何足以偿生命之损失! 我的根本上的考虑只有两途:(一)破坏资本主义下的物质文明,(二)倾向于颓废的人生观。这虽色彩有些不同,但都不失较深切的思想。至于中国邮船公司,自然是混账之至。但天下老鸦一般黑的,何独他该受责? 对于资本家谈人道主义是对牛弹琴。我们有反抗无妥协。我们应得顺从我们的情感之流去努力。我们应得行心之所安。我们不必以暴徒自豪,但我却深恶痛疾虚伪的和平。因为人间本未尝有和平,我们又将何所顾忌呢?

# 略谈杭州北京的饮食

不懂烧菜,我只会吃,供稿于《中国烹饪》很可笑。亦稍有可说的,在我旧作诗词中有关于饮食,杭州西湖与北京的往事两条。

## (一)  词中所记

于庚申、甲子间(一九二〇——一九二四),我随舅家住杭垣,最后搬到外西湖俞楼。东面一小酒馆曰楼外楼,其得名固由于"山外青山楼外楼"的诗句,但亦与俞楼有关。俞楼早建,当时亦颇有名,酒楼后起,旧有曲园公所书匾额,现在不见了。

既是邻居,住在俞楼的人往往到楼外楼去叫菜。我们很省俭,只偶尔买些蛋炒饭来吃。从前曾祖住俞楼时,我当然没赶上。光绪壬辰赴杭,有单行本《曲园日记》,于"三月"云:

> 初八日,吴清卿河帅、彭岱霖观察同来,留之小饮,买楼外楼醋溜鱼佐酒。

更早在清乾隆时,吴锡麒《有正味斋日记》说他家制醋缕鱼甚美,可见那时已有了。"缕""溜"音近,自是一物。"醋缕"

者,盖饰以彩丝所谓"俏头",与今之五柳鱼相似,"柳"即"缕"也。后来简化不用彩丝,名醋溜鱼。此颇似望文生义,或"溜"即"缕"、"柳"之音讹。二者孰是,未能定也。

于二十年代,有《古槐书屋词》,许宝骕写刻本。《望江南》三章,其第三记食品。今之影印本,乃其姊宝驯摹写,有一字之异,今录新本卷一之文:

> 西湖忆,三忆酒边鸥。楼上酒招堤上柳,柳丝风约水明楼,风紧柳花稠。　　鱼羹美,佳话昔年留。泼醋烹鲜全带冰,("冰",鱼生,读去声。)乳莼新翠不须油。芳指动纤柔。

(《双调望江南》之弟三)

此词上片写环境。旧日楼外楼,两间门面,单层,楼上悬店名旗帜,所云"楼上酒招堤上柳",有青帘沽酒意。今已改建大厦,辉煌一新矣。

下片首两句言宋嫂鱼羹,宋五嫂原在汴京,南渡至临安(今杭州),曾蒙宋高宗宣唤,事见宋人笔记。其鱼羹遗制不传,与今之醋鱼有关系否已不得而知,但西湖鱼羹之美,口碑流传已千载矣。

第三句分两点。"泼醋烹鲜"是做法。"烹鱼"语见《诗经》。醋鱼要嫩,其实不烹亦不溜,是要活鱼,用大锅沸水烫熟,再浇上卤汁的。鱼是真活,不出于厨下。楼外楼在湖堤边置一竹笼养鱼,临时采用,我曾见过。"全带冰(柄)"是款式,醋鱼的一部分。客人点了这菜,跑堂的就喊道,全醋鱼带柄(?)",或"醋鱼带柄"。"柄"有音无字,呼者恐亦不知,姑依其声书之。原是瞎猜，非有所据。等拿上菜来，大鱼之外，另有一小碟鱼生，即所谓"柄"。虽是附属品，盖有来历。词稿初刊本用此字谐声，如误认为有"把柄"之意就不甚妥。后在书上看到"冰"有生鱼义，读仄声，比"柄"切合，就在摹本中改了。可惜读时未抄下书名，现已忘记了。

尝疑"带冰"是"设脍"遗风之仅存者，"脍"字亦作"鲙"，生鱼也。其渊源甚古，在中国烹饪有千余年的历史。《论语》"脍不厌细"即是此品，可见孔夫子也是吃的。晋时张翰想吃故乡的莼鲈，亦是鲈鲙。杜甫《姜七少府设鲙》诗中有"饔人受鱼蛟人手，洗鱼磨刀鱼眼红。无声细下飞碎雪，有骨已剁觜春葱"等句，说鱼要活，刀要快，手法要好，将鱼刺剁碎，洒上葱花，描写得很详细。宋人说鱼片其薄如纸，被风吹去，这已是小说的笔法了。设鲙之风，远溯春秋时代，不知何年衰歇。小碟鱼冰，殆犹存古意。日本重生鱼，或亦与中国的鲙有关。

莼鲈齐名，词中"乳莼新翠不须油"句说到莼菜，在江南是极普通的。苏州所吃是太湖莼。杭州所吃大都出绍兴湘湖，西湖亦有之而量较少。莼羹自古有名。"乳莼"言其滑腻，"新翠"言其秀色，"不须油"者是清汤，连上"烹鲜"（醋鱼）亦不须油。此二者固皆可餐也。《曲园日记》三月二十二日云：

> 吾残牙零落，仅存者八，而上下不相当，莼丝柔滑，入口不能捉摸，……因口占一诗云："尚堪大嚼猫头笋，无可如何雉尾莼。"

公时年七十二，自是老境，其实即年轻牙齿好，亦不易咬着它，其妙处正在于此。滑溜溜，囫囵吞，诚蔬菜中之奇品，其得味,全靠好汤和浇头(鸡、火腿、笋丝之类)衬托。若用纯素,就太清淡了。以前有一种罐头,内分两格,须两头开启,一头是莼菜,一头是浇头,合之为莼菜汤,颇好。

以上说得很啰嗦。却还有些题外闲话。"莼鲈"只是诗中传统的说法,西湖酒家的食单岂限于此。鱼虾,江南的美味。醋鱼以外更有醉虾,亦叫炝虾,以活虾酒醉,加酱油等作料拌之。鲜虾的来源,或亦竹笼中物。及送上醉虾来,一碟之上更覆一碟,且要待一忽儿吃,不然,虾就要蹦起来了,开盖时亦不免。

还有家庭仿制品,我未到杭州,即已尝过杭州味。我曾祖来往苏、杭多年,回家亦命家人学制醋鱼、响铃儿。醋鱼之外如响铃儿,其制法以豆腐皮卷肉馅,露出两头,长约一寸,略带圆形如铃,用油炸脆了,吃起来哗哗作响,故名"响铃儿"。"儿"字重读,杭音也。《梦粱录》曰:"中瓦子前谓之五花儿中心",三字杭音宛然相似,盖千年无改也。后来在杭尝到真品,方知其差别。即如"响铃儿",家仿者黑小而紧,市售者肥白而松,盖其油多而火旺,家庖无此条件。唐临晋帖,自不如真,但家常菜亦别有风味,稍带些焦,不那么腻,小时候喜欢吃,故至今犹未忘耳。

## (二)　诗中所记

一九五二壬辰《未名之谣》歌行中关于饮食的,杭州以外又说到北京,分列如下,先说杭州。

湖滨酒座擅烹鱼,宁似钱塘五嫂无?
盛暑凌晨羊汤饭,职家风味思行都。

这里提到烹鱼、羊汤饭。吴自牧《梦粱录》曰：

> 杭城市肆各家有名者，如……钱塘门外宋五嫂鱼羹，……中瓦前职家羊饭。
>
> （卷十三"铺席"）

钱塘是临西湖三城门之一，非泛称杭州。瓦子是游玩场所，中瓦即中瓦子。

"羊汤饭"，须稍说明。这个题目原拟写入《燕知草》，后因材料不够就搁下了。二十年代初，我在杭州听舅父说有羊汤饭，每天开得极早，到八点以后就休息了。因有点好奇心，说要去尝尝，后来舅父果然带我们去了，在羊坝头，店名失忆。记得是个夏天，起个大清早，到了那边一看，果然顾客如云，高朋满座。平常早点总在家吃，清晨上酒馆见此盛况深以为异，食品总是出在羊身上的，白煮为多，甚清洁。后未再往。看到《梦粱录》《武林旧事》，皆有"羊饭"之名，"羊汤饭"盖其遗风。所云"职家"等等疑皆是回民。诗云"行都"，南渡之初以临安为行在，犹存恢复中原意。

北来以后，京中羊肉馆好而且多，远胜浙杭。但所谓"爆、烤、涮"却与羊汤饭风味迥异，羊汤饭盖维吾尔族传统吃羊肉之法，迄今西北犹然，由来已久。若今北京之东来顺、烤肉宛的吃法或另有渊源，为满、蒙之遗风欤。

说到北京，其诗下文另节云：

> 杨柳旗亭堠系马，却典春衣无顾藉。

南烹江腐又潘点，川闽肴蒸兼貊炙。

首二句比拟之词不必写实。如京中酒家无旗亭击马之事。次句用杜诗"朝回日日典春衣"，我不曾做官，何"典春衣"之有？且家中人亦必不许。"无顾藉"，不管不顾，不在乎之意，言其放浪耳。

但这两句亦有些实事作影，非全是瞎说。在上学时，我有一张清人钱杜(叔美)的山水画，簇新全绫裱的。钱氏画笔秀美，舅父凤喜之，但这张是赝品，他就给了我，我悬在京寓外室，不知怎的就三文不当两文地卖给打鼓儿的了。固未必用来吃小馆，反正是瞎花掉了，其谬如此，故云"无顾藉"也。如要在诗中实叙，自不可能。至于"杨柳旗亭堪击马"，虽无"系马"事，而"杨柳旗亭"，略可附会。

北京酒肆中有杨柳楼台的是会贤堂。其地在什刹前海的北岸。什刹海垂杨最盛，更有荷花。会贤堂乃山东馆子，是个大饭庄，房舍甚多，可办喜庆宴会，平时约友酒叙，菜亦至佳。夏日有冰碗、水晶肘子、高力莲花、荷叶粥，皆祛暑妙品。冬日有京师著名的山楂蜜糕。我只是随众陪座，未曾单去。大饭庄是不宜独酌的。卢沟桥事变后，就没有再到了，亦不知其何时歇业。在作歌时，此句原是泛说，非有所指。现在想来，如指实说，却很切合，谁也看不出有什么差错来。可见说诗之容易穿凿附会也。

我虽久住北京，能说的饮馔却亦不多，如下文纪实的。"南烹江腐又潘鱼"，谓广和居。原在宣外北半截胡同，晚清士夫殇咏之地。我到京未久，曾随尊长前往，印象已很模糊。其后一迁至西长安街，二迁至西四丁字街，其地即今之同和居也。

"南烹"谓南方的烹调,以指山东馆似不恰当,但山东亦在燕京之南,而下文所举名菜也是南人教的。"江豆腐"传自江韵涛太守①,用碎豆腐,八宝制法。潘鱼,传自潘耀如编修,福建人(俗云潘伯寅所传,盖非),以香菇、虾米、笋干作汤川鱼,其味清美。又有吴鱼片汤传自吴慎生中书,亦佳。以人得名的肴馔他肆亦有之,只此店有近百年的历史,故记之耳。我只去过一次,未能多领略。

北京乃历代的都城,故多四方的市肆。除普通食品外,各有其拿手菜,不相混淆,我初进京时犹然。最盛的是山东馆,就东城说,晚清之福全馆,民初之东兴楼皆是。若北京本地风味,恐只有和顺居白肉馆。烧烤,满蒙之遗俗。

"川闽肴蒸兼貂炙。"说起川馆,早年宣外骡马市大街瑞记有名,我只于一九二五年随父母去过一次。四川菜重麻辣,而我那时所尝,却并不觉得太辣。这或由于点菜"免辣"之故,或有时地、流派的不同。四川菜大约不止一种。如今之四川饭店,风味就和我忆中的瑞记不同。又四十年代北大未迁时,景山东街开一四川小铺,店名不记得。它的回锅肉、麻婆豆腐,的确不差,可是真辣。

闽庖善治海鲜,口味淡美,名菜颇多。我因有福建亲戚,婶母亦闽人,故知之较稔。其市肆京中颇多。忆二十年代东四北大街有一闽式小馆甚精,字号失记。那时北洋政府的海军部近十二条胡同,官吏多闽人,遂设此店,予颇喜之。店铺以外还有单干的闽厨(他省有之否,未详),专应外会筵席,如我家请教

① 以上三条所记人名,俱见夏孙桐(闰枝)《观所尚斋诗存·广和居记事诗》注,其言当可信。——作者原注

过的有王厨(雨亭)、林厨。其厨之称,来源已久,如宋人记载中即有"某厨开沽"之文,不止一姓。以厨丁为单位,较之招牌更为可靠。如只看招牌,贸贸然而往,换了"大师父",则昨日今朝,风味天渊矣。"吃小馆"是句口头语,却没有说吃大馆的,也是同样的道理。

貊炙有两解,狭义的可释为"北方外族的烤肉",广义借指西餐。上海人叫大菜,从英文译来的,亦有真赝之别,仿制的比原式似更对吾人的胃口。上海一般的大菜中国化了,却以"英法大菜"号召,亦当时崇洋风气。北京西餐馆,散在九城,比较有地道洋味的,多在崇文门路东一带(路西广场,庚子遗迹),地近使馆区。

西餐取材比中菜简单些。以牛肉为主,羊次之,猪为下。"猪肉和豆"是平民的食品。我时常戏说,你如不会吃带血的牛排,那西洋就没有好菜了。话虽稍过,亦近乎实。西餐自有其优点,如"桌义"、肴馔的次序装饰等等,却亦有不大好吃的,自然是个人的口味。如我在国内每喜喝西菜里的汤,但到了英国船上却大失所望。名曰"清汤",真是"臣心如水的汤",一点味也没得,倒有些药气味。西洋例不用味精,宜其如此。英国烹调本不大高明,大陆诸国盖皆胜之。由法、意而德、俄,口味渐近东方,我们今日还喜啜俄国红菜汤也。

又北京的烤肉,远承毡幕遗风,直译"貊炙",最为切合。但我当时想到的却是西餐里的牛排。《红楼梦》中的吃鹿肉,与今日烤肉吃法相同,只用鹿比用牛羊更贵族化耳。

我从前在京喜吃小馆,后来兴致渐差,一九七五年患病后,不能独自出门就更衰了。一九五〇年前《蝶恋花》词有"驼陌尘踪如梦寐","麦酒盈尊容易醉"等句,题曰"东华醉归",指东华门大街的"华宫",供应俄式西餐,日本式鸡素烧。近在西四新张的西餐厅遇见一服务员,云是华宫旧人,他还认识我,并记得吾父,知其所嗜。其事至今三十余年,若我初来京住东华门时,数将倍焉。韶光水逝,旧侣星稀,于一饮一啄之微,亦多枨触,拉杂书之,辄有经过黄公酒垆之感,又不止"襟上杭州旧酒痕"已也。

所怀念的四周的轮廓虽渐渐的有点模糊，

而它的中心形象便会越发的鲜明；

也惟其历久而动人思念，

这才是更值得追怀的。

# 朱佩弦兄遗念

## ——甲子年游宁波日记

一九二四年三月七日，由杭州城头巷寓所启程赴沪。车上人多而暖，昏昏然。于下午七时抵沪，寓法界爱多亚路七二一号许宅。接佩弦自春晖来信，遂决作甬游。至亚东访汪孟邹，适去芜湖，未晤。取了二十元。以《西还》诗集版权印花三千枚付店。在竹生居晚饭，饱甚。至孟洲及振新旅馆，打听船。归作家书，十二时睡。

八日，九时起，在南来理发，定新江天舱位，打电给佩弦，嘱来接。访圣陶伯祥，以时间局促略谈即别。在复兴园午食，甚昂。返寓取行李上船。发杭州一片，亚东图书馆一信。四时许开船。所占舱位颇小，人声嘈杂。同舱者二人，予得下辅，付船钱一元。甲板上全以油布围之以搭客，故作海行而未得观海。阅《水浒后传》，和衣昏昏而卧，睡不甚佳。晚饭时由茶房吆喝去吃饭，草草而已。

九日，曙色朦胧中舟抵镇海，暂停复行。不及六时抵宁波，天阴雨甚。给茶房酒资一元。雇人力车至沪杭甬车站，费二角，路远而价贵，敲竹杠也。佩来信云，"在西官车站见面"，遂打票赴百官。我以为离甬必不远，孰知二等票须一元四角许，始大讶。雨中登车，久待至八时始开。二等车中客亦殊不少。沿途景色可观。近五夫站时绕壮山湖，甚阔大。过驿亭而抵百官，下车。地殊荒陋,且有小山,觅佩弦不得,不解其故。欲雇轿子到春晖中学,而居人对以不知。后问询一剃头者,始知在驿亭附近。到百官已多走了一站。后来雇得轿子,价一元八角。

途中遇雨,幸未沾湿。走了许久始回抵驿亭站,跨过铁轨,南面有一牌人大书曰"春晖中学校",始知不误。又里许望见校舍,入校辗转询问,始由校中职员导行,得佩弦之居,启门而入,果得晤焉。付轿钱二元,急询以究竟何谓百官车站。他说,宁波人管沪杭甬车站为百官车站。他信上的意思,在宁波的百官车站会面,而我初不知有此称谓,解释为百官的车站。其实他和我同车来的。我大约先到站,在车上久待之顷,已经错过了。我亦不知今晨他将由甬赴春晖也。

略淡后,他上课,是日为星期,春晖例不休息,我旁听了一堂。学生颇有自动的意味,胜第一师范及上海大学也。未进午食,枵腹奔走,后得豆腐花油条食之。

下午夏丏尊君来,邀至他家晚饭。去时斜风细雨,衣服为湿。他屋颇洁雅素朴,盆栽花草有逸致。约明日在校讲演,辞之不获。饭后偕佩笼烛而归。傍水行,长风引波,微辉耀之,踯躅并行,油纸伞上沙沙作繁响,此趣至隽,惟稍苦冷与湿耳。畅谈至夜午始睡。是日寄家书及京信。

十日,寄沪许寓守者信,告返期。佩弦上下午各有课二小时,我拟讲稿。下午同在郊野散步。春晖地名白马湖,校址殊佳,四山拥翠,曲水环之。菜花弥望皆黄,间有红墙隐约。村户稀少,只数十家。校中不砌垣墙,亦无盗贼,大有盛世遗风。学生多朴实,理解力亦好。

是日雨未止,出行路泞沾足。归续写讲稿。晚饭后在校讲演,议论病空泛,入文犹可,说话似迫促,勉强对付而已。仍与佩弦夜谈,睡较昨早。

十一日,今将去此,在沪给佩之电报终未送达,可怪也。整治行李。丐尊过谈,以讲稿付春晖刊出,从夏嘱也。他送我信纸一匣,丰子恺所绘。午后匆匆而行,行装已由校役挑送驿亭站。途中仍有小雨,到站略待,火车始来。三等座中尚不甚挤。佩弦在车中取吾箧中稿《鬼劫》及白采的诗读,均赏之。于下午三时馀抵宁波。车中茶房已识我,为我携行李,殆以百官之行花了冤钱之故欤。雇人力车赴湖西第四中学师范部。

宁波道路全以石板铺之,车行颠欹,尤甚于杭州。抵四中校暂息,佩约在李荣昌夜饮,品宁酒及绍酒。绍自胜于宁,但宁酒初尝耳。此店佐酒有野味多种,如竹鸡鹌鹑水鸭等品,均甚美,亦畴昔所未经。共喝了两斤酒,稍剩了一点,不殊昔年碧梧轩之洗味也。(碧梧轩,杭州酒店名,在旗营。)又吃了炒年糕,扶薄醉而归。杜君来久坐,始去。三年级学生数人来,约我讲演。他们前曾向佩说,他径代我辞去。今又当面来说,我不得已允之。游玩杂以讲演,心殊畏之。佩弦小眠,我为他看诗稿。备删订用,施即就寝。

十二日,七时起,整行李,八时赴三年级教室讲《中国小说之概要》约一时而毕。返室,杜君及郑萼村君来。郑还邀我作一公开讲演,力辞之。佩弦下课后,卢君及经子渊君来。佩抽空写信,及为我写字一张。午,郑君邀至李荣昌。今日食单与昨相仿,惟添食麂肉,我则以面代年糕耳。返寓雇轿,佩送至码头,轿钱也是他付的。得三十九号舱下辅,上午预定也。佩小坐始别去,凭舷送之,仍不免惘惘之色。四时余船开,在上层甲板上闲眺,稍领略此行海景。抵镇海后进舱,同舱亦二人。来时新江天,返时亦新江天也。午饭太饱,晚饭吃不下,又船上餐亦不佳,后买油豆腐食之。在铺上略翻阅《断鸿零雁记》,觉文笔殊欠自然。因表在白马湖时坏了,不知道时刻,睡醒了又睡,如是者终宵。十三日,天未明而船停,起看灯火粲然,已抵上海金利源码头矣。

# 眠 月
## ——呈未曾一面的亡友白采君

### 一　楔　子

万有的缘法都是偶然凑泊的罢。这是一种顶躲懒顶顽皮的说法，至少于我有点对胃口。回首旧尘，每疑诧于它们的无端，究竟当年是怎么一回事，固然一点都说不出，只惘惘然独自凝想而已。想也想不出什么来，只一味空空的惘惘然罢。

即如今日，住在这荒僻城墙边的胡同里，三四间方正的矮屋，一大块方正的院落，寒来暑往，也无非冰箱撤去换上泥炉子，夏布衫收起找出皮袍子来，……凡此之流不含胡是我的遭遇。若说有感，复何所感？若说无所感，岂不呜呼哀哉耶！好在区区文才的消长，不关乎世道人心，"理他呢"！

无奈昔日之我非今日之我也，颇有点儿 sentimental①。伤春叹夏，当时几乎当作家常便饭般咬嚼。不怕"寒尘"，试从头讲起。

爱月眠迟是老牌的雅人高致。眠月呢。以名色看总不失为雅事，而事实上也有未必然的。在此先就最通行地说，即明张岱所谓"杭州人避月如仇"；也是我所说的，"到月光遍浸长廊，

① sentimental：伤感的。

我们在床上了；到月光斜切纸窗，我们早睡着了。"再素朴点，月亮起来，纳头困倒；到月亮下去，骨碌碌爬起身来。凡这般眠月的人是有福的，他们永远不用安眠药水的。我有时也这么睡，实在其味无穷，明言不得（读者们切不可从字夹缝里看文章，致陷于不素朴之咎）。你们想，这真俗得多么雅。"日出而作，日入而息"，岂不很好。管它月儿是圆的是缺的，管它有没有蟾蜍和玉兔，有没有娇滴滴梅兰芳式的嫦娥呢。听说有一回庭中望月，有一老妈诧异着："今儿晚上，月亮怎么啦！"（怎字重读）懂得看看这并不曾怎么的月亮就算得雅人吗？不将为老妈子所笑乎！

## 二　正　传

湖楼几个月的闲居，真真是闲居而已，绝非有意于混充隐逸。惟湖山的姝丽朝夕招邀，使我们有时颠倒得不能自休。其时新得一友曰白采，既未谋面，亦不知其家世，只从他时时邮寄来的凄丽的诗句中，发见他的性情和神态。

老桂两株高与水泥栏杆齐。凭栏可近察湖的银容，远挹山的黛色。楼南向微西，不遮月色，故其升沉了无翳碍。有时被轻云护着，廊上浅映出乳白的晕华；有时碧天无际，则遍浸着冰莹的清光。我们卧室在楼廊内，短梦初歇，每从窗棂间窥见月色的多少，便起来看看，萧萧的夜风打着惺忪的脸，感到轻微的瑟缩。静夜与明湖悄然并卧于圆月下，我们亦无语倦而倚着，终久支不住饧软的眼，撇了它们重寻好梦去。

其时当十三年夏，七月二十四日采君信来附有诗词，而《渔歌子》尤绝胜，并有小语云："足下与阿环亦有此趣事否？"

所谓"爱月近来心却懒,中宵起坐又思眠",我们俩每吟讽低徊不能自已。采君真真是个南国"佳人!"今则故人黄土矣!而我们的前尘前梦亦正在北地的风沙中飘荡着沉埋着。

江南苦夏,湖上尤甚。浅浅的湖水久曝烈日下,不异一锅温汤。白天热固无对,而日落之后湖水放散其潜热,夹着凉风而摇曳,我们脸上便有乍寒乍热的异感。如此直至于子夜,凉风始多,然而东方快发白了,有酷暴的日头等着来哩。

杭州山中原不少清凉的境界,若说严格的西湖,避暑云何哉,适得其反。且不论湖也罢,山也罢,最惹厌而挥之不去的便是蚊子。好天良夜,明月清风,其病蚊也尤甚。我在以下说另一种的眠月,听来怪甜蜜,钩人好梦似的。却不要真去做梦,当心蚊子!(我知道采君也有同感的,从他的来信看出来。)

月影渐近虚廊,夜静而热终不减,着枕汗便奔涌,觉得夜热殆甚于昼,我们睡在月亮底下去,我们浸在月亮中间去。然而还是困不着,非有什么"不雅之闲"也,(用台湾的典故,见《语丝》一四八)尤非怕杀风景也,乃真睡不着耳。我们的小朋友们也要玩月哩。榻下明晃晃烧着巨如儿指的蚊香,而他们的兴味依然健朗,我们其奈之何!正惟其如此,方得暂时分享西子湖的一杯羹和那不用一钱买的明月清风。

碧天银月亘古如斯。陶潜、李白所曾见,想起来未必和咱们的很不同,未来的陶潜、李白们如有所见,也未必会是红玛瑙的玉皇御脸,泥金的兔儿爷面孔罢。可见"月亮怎么啦!"实具颠扑不破的胜义,岂得以老妈子之言而薄之哉!

就这一端论,千万年之久,千万人之众,其同也如此其甚。再看那一端,却千变万化,永远说不清楚。非但今天的月和昨天的月,此刹那和彼刹那的月,我所见,你所见,他所见的月……

迥不相同已也;即以我一人所见的月论,亦缘心象境界的细微差别而变,站着看和坐着看,坐着看和躺着看,躺着清切地看和朦胧地看,朦胧中想看和不想看的看……皆不同,皆迥然不同。且决非故意弄笔头。名理上的推论,趣味上的体会,尽可取来互证。这些差别,于日常生活间诚然微细到难于注意,然名理和趣味假使成立,它们的一只脚必站在这渺若毫茫,分析无尽的差别相上,则断断无疑。

我还是说说自己所感罢。大凡美景良辰与赏心乐事的交并(玩月便是一例),粗粗分别不外两层:起初陌生,陌生则惊喜颠倒;继而熟脱,熟脱则从容自然。不跑野马,在月言月。譬如城市的人久住鸽子笼的房屋, 一旦忽置身旷野或萧闲的庭院中,乍见到眼生辉的一泓满月。其时我们替他想一想,吟之哦之,咏之玩之,手之舞之,足之蹈之,都算不得过火的胡闹。他的心境内外迥别,蓦地相逢,俨如拘挛之书生与媚荡的名姝接手,心为境撼,失其平衡,遂没落于颠倒失据,惝悦无措的状态中。《洛神赋》上说:"予情悦其淑美兮,心震荡而不怡。"夫怡者悦也,上曰悦,下曰不怡,故曹子建毕竟还是曹子建。

名姝也罢,美景也罢,若朝昏厮守着,作何意态呢!这是难于解答的,似应有一种极平淡,极自然的境界。尽许有人说这是热情的衰落,退潮的状态,说亦言之成理,我不想去驳它。若以我的意想和感觉,惟平淡自然才有真切的体玩,自信也确非杜撰。不跑野马,在月言月。身处月下,身眠月下,一身之外以及一身,悉为月华所笼络包举,虽皎洁而不睹皎洁,虽光辉而无有光辉。不必我特意赏玩它,而我的眼里梦里醉时醒时,似它无所不在。我的全身心既浸没着在,故即使闭着眼或者酣睡着,而月的光气实渗过,几乎洞激我意识的表里。它时时和我交融，它处处和我同在，这境界若用哲学上的语调说，是心境的冥合，或曰俱化。——说到此，我不禁想起陶潜的诗来："采菊东篱下，悠然见南山，山气日夕佳，飞鸟相与还。此中有真意，欲辨已忘言。"何谓忘言的真意，原是闷葫芦。无论是什么，总比我信口开合强得多，古今人之不相及如此。

"玩月便玩月，睡便睡。玩月而思睡必不见月，睡而思玩月必睡不着。"这多干脆。像我这么一忽儿起来看月，一忽儿又睡了，或者竟在月下似睡非睡的躺着，这都是傻子酸丁的行径。可惜采君于来京的途中客死于吴淞江上，我还和谁讲去！

我今日虽勉强追记出这段生涯，他已不及见了。他呢，却还留给我们零残的佳句，每当低吟默玩时，疑故人未远，尚客天涯，使我们不至感全寂的寥廓，使我们以肮脏的心枯干的境，得重看昔年自己的影子，几乎不自信的影子。我，我们不能不致甚深的哀思和感谢。

虽明明是一封无法投递的信，但我终于把它寄出去了！这虽明明是一封无法投递的信。

# 忆振铎兄

　　古人说："朋友之墓有宿草而不哭焉。"因为随着时光的过去,那悲哀的颜色就会日趋于黯淡了。正惟其如此,所怀念的四周的轮廓虽渐渐的有点模糊,而它的中心形象便会越发的鲜明;也惟其历久而动人思念,这才是更值得追怀的。

　　北京的秋光依然那样清澈,红旗焕彩,映照晴空,木犀尚有余芳,黄菊已在吐艳。有朋友提起郑振铎先生逝世三周年快到了,我们应该有些文字来纪念他。我仿佛吃了一惊。真格的有三年么? 可不是已有三年。时光真是过得好快呵。

　　文章虽短,说起来话也长。我最初认识他在上海,约当一九二一年("五四"时期,我们虽同在北京上学,却还不认识)。他住在上海闸北永兴路的小楼上,后来他搬走了,我就住在那里。约也有不足一年的光景。振铎那时经济情况并不宽余,但他却很好客,爱买书,爱喝酒,颇有"座上客常满,樽中酒不空"之风。他的爱交朋友和好搜求异书,凡是和他熟一点的朋友,大概没有不知道的。他为人天真烂漫,胸无城府,可谓"善于人同",却又毫不敷衍假借,有时且嫉恶甚严。他也不是不懂得旧社会里有那么一套的"人情世故",从他写的杂文小说里就可以知道;他却似乎有意反对那一套,他常常藐视那些无聊的举动。虽后来阅历中年,饱经忧患,解放后重睹光明,以至他最后的一刹那,这耿介的脾气却始终没有变。

我于一九二四年年底来北京。后来发生"五卅"事变,我已不在上海了。对我说来,有很大的损失。在这以后,我和振铎曾打过一场笔墨官司,文章已找不着了,大意还可以记得。我那时的看法,认为必先自强,然后能御侮;振铎之意恰相反,他认为以群众的武力来抵抗强暴才是当务之急、切要之图。现在想起来,当然,他是对的。他已认清了中国的敌人是帝国主义,而我其时正在逐渐地沉没在资产阶级学者们的迷魂阵里。振铎的一生,变化很多,进步也很快,到他的晚年,是否已站稳了无产阶级的立场,掌握了马列主义的理论和实践,自尚有待于后人论定;但从我一方面看来,他始终走在我的前面,引导着我前进,他是我的"畏友"之一。

上文说过他。善于人同",却并不肯"苟同"。他如意谓不然,便坚决的以为不可。有时和熟朋友们争执起来,会弄得面红耳赤的。一九五二年我到文学研究所工作,他是所长,我们还是从前老朋友的关系。昨天我过北海固城,不禁想起振铎来了。一九五三年的晚秋,比现在还稍晚一点,黄昏时候,我从固城他的办公室,带回来两大包的旧本《红楼梦》,其中有从山西新得的乾隆甲辰梦觉主人序本,原封未动,连这原来的标签还在上面。……他借给我这些珍贵的资料,原希望我把校勘《红楼梦》的工作做得更好,哪知到后来我不能如他的期望。无论为公为私,我是这样的愧负呵!

再记得一九五八年的春天,我到他的黄化门寓所,片刻的谈话里,他给我直率的规箴,且真诚地关怀着我,这是我至今不能忘的。当时只认为朋友相逢,亦平常事耳,又谁知即在那年的秋天,我们就永远失去了他!

　　眼看重阳节又快到了。从前上海的老朋友们现都在北京，虽然年纪都增加了若干，精神倒还是年青的。有时聚会，总不免想起振铎来。这悲感不必一定强烈，何况又隔了一些时间，你虽尽可坦然处之，但它却有时竟会蓦然使你"若有所失"。这就很别扭，又难于形容。不由得想起前人的诗句，所谓"亡书久似忆良朋"。像振铎平素特别爱好书籍，借来抒写这淡而悲的感触，似乎也是适当的。

# 坚匏别墅的碧桃与枫叶

## ——呈佩弦兄

是清明日罢，或者是寒食？我们曾在碧桃花下发了一回呆。

算来得巧吧，而已稍迟了，十分春色，一半儿枝头，一半儿尘土；亦唯其如此，才见得春色之的确有十分，决非九分九。俯仰之间我们的神气尽被花气所夺却了。

试作纯粹的描摹，与佩相约，如是如是。——这真自讨苦吃。刻画大苦，抒写甚乐，舍乐而就苦，一不堪也。前尘前梦久而渐忘，此事在忆中尤力趋黯淡，追挽无从，更如何下笔，二不堪也。在这个年头儿，说花儿红得真好看，即使大雅明达如我们佩弦老兄之流者能辨此红非彼红，此赤非彼赤，然而究竟不妥。君不见夫光赤君之尚且急改名乎？此三不堪也。况且截搭题中之枫叶也是红得不含胡的。阿呀！完结！

山桃妖娆，杏花娇怯，海棠柔媚，樱花韶秀，千叶桃秾丽[①]，这些深深浅浅都是红的，千叶桃独近于绛。来时船过断桥，已见宝石山腰，万紫千红映以一绿；再近，则见云锦的花萼簇拥出一座玲珑纤巧的楼阁。及循苔侵的石磴宛宛而登，露台对

---

① 千叶桃一名碧桃，见《群芳谱》。

山桃妖娆，
杏花娇怯，
海棠柔媚，
樱花韶秀，
千叶桃秾丽，
这些深深浅浅都是红的，
千叶桃独近于绛。

坐,更伫立徘徊于碧桃树下,漫天匝地,堆绮剪琼,委地盈枝,上下一赤。其时天色微阴,于乳色的面纱里饱看搽浓脂抹艳粉的春天姑娘。我们一味傻看,我们亦唯有傻看,就是顶痴的念头也觉得无从设想。

就是那年的深秋,也不知又换了一年,我们还住杭州,独到那边小楼上看一回枫叶。冷峭的西风,把透明如红宝石,三尖形的大叶子响得萧萧瑟瑟,也就是响得希里而花拉。一抹的斜日,半明半昧地躺在丹枫身上,真真寂寞煞人。我擎着茶杯,在楼窗口这边看看,那边看看,毕竟也看不出所以来,当然更加是想不出。——九秋虽是怀虑的节候,也还是不成。

那些全都是往事,“有闲”的往事,亦无聊的往事。去年重到上海,听见别墅的主人翁说,所谓碧桃、丹枫之侧,久被武装的同志们所徘徊过了。于春秋佳日,剑佩铿锵得清脆可听,总不寂寞了罢。当日要想的,固然到今天想不出,因此也就恕不再去想了。

写完一看,短得好笑,短得可怜,姑且留给佩一读罢。

# 以《漫画》初刊与子恺书

听说您的漫画要结集起来和世人相见，这是可欢喜的事。嘱我作序，惭愧我是门外汉，真是无从说起。只以短笺奉复，像篇序，像篇跋，谁知道？

我不曾见过您，但可以说是认识您的，我早已有缘拜识您那微妙的心灵了。子恺君，您的轮廓于我是朦胧的，而您的心影我是厮熟的。从您的画稿中，曾清清切切反映出您自己的影儿，我如何不见呢？将心比心，则《漫画》刊行以后，它会介绍无量数新朋友给您，一面又会把您介绍给普天下的有情眷属。"乐莫乐兮新相知。"我由不得替您乐了。

除此以外，我能说什么呢？但是，你既在戎马仓皇的时节老远地寄信来，似乎要勾引我的外行话，我又何能坚拒？

中国的画与诗通，在西洋似不尽然。自元以来，重士大夫画，其蔽不浅，无可讳言。惟从另一方面看，元明的画确在宋院画以外别开生面。其特长便是融诗入画。画中有诗是否画的正轨，我不得知；在我，确喜欢这个。它们更能使我邈然意远，悠然神往。

您是学西洋画的，然画格旁通于诗。所谦"漫画"，其妙正在随意挥洒，譬如青天行白云，卷舒自如，不求工巧，而工巧自在。看！只是疏朗朗的几笔，然物类神态毕入彀中了。这决非我一人的私见,您尽可以信得过。

　　一片的落花都有人间味,那便是我看了《子恺漫画》所感。

　　——"看"画是杀风景的,当曰"读"画。您的画本就是您的诗。

眼前的夕阳西下，
岂不是正好的韶光，
绝妙的诗情画意，
而又何叹惋之有。

# 中　年

什么是中年？不容易说得清楚，只说我暂时见到的罢。

当遥指青山是我们的归路，不免感到轻微的战栗。(或者不很轻微更是人情。)可是走得近了，空翠渐减，终于到了某一点，不见遥青，只见平淡无奇的道路树石，憧憬既已消释了，我们遂坦然长往。所谓某一点原是很难确定的，假如有，那就是中年。

我也是关怀生死颇切的人，直到近年方才渐渐淡漠起来，看看从前的文章，有些觉得已颇渺茫，有隔世之感。莫非就是中年到了的缘故么？仿佛真有这么一回事。

我感谢造化的主宰，他老人家是有的话。他使我们生于自然，死于自然，这是何等的气度呢！不能名言，惟有赞叹；赞叹不出，唯有欢喜。

万想不到当年穷思极想之余，认为了解不能解决的"谜"，的"障"，直至身临切近，早已不知不觉的走过去，什么也没有看见。今是而昨非呢？昨是而今非呢？二者之间似乎必有一个是非。无奈这个解答，还看你站的地位如何，这岂不是"白搭"。以今视昨则昨非；以昨视今，今也有何是处呢。不信么？我自己确还留得依微的忆念。再不信么？青年人也许会来麻烦您，他听不懂我讲些什么。这就是再好没有的印证了。

再以山作比。上去时兴致蓬勃，惟恐山径虽长不敌脚步之健。事实上呢,好一座大山,且有得走哩。因此凡来游的都快乐地努力地向前走。及走上山顶,四顾空阔,面前蜿蜒着一条下山的路,若论初心,那时应当感到何等的颓唐呢。但是,不。我们起先认为过健的脚力,与山径相形而见绌,兴致呢,于山尖一望之余随烟云而俱远;现在只剩得一个意念,逐渐的迫切起来,这就是想回家。下山的路去得疾啊,可是,对于归人,你得知道,却别有一般滋味的。

试问下山的与上山的偶然擦肩而过,他们之间有何连属?点点头,说几句话,他们之间又有何理解呢? 我们大可不必抱此等期望,这原是不容易的事。至于这两种各别的情味,在一人心中是否有融会的俄顷,惭愧我不大知道。依我猜,许是在山顶上徘徊这一刹那罢。这或者也就是所谓中年了,依我猜。

"表独立兮山之上,"可曾留得几许的徘徊呢。真正的中年只是一点,而一般的说法却是一段;所以它的另一解释也就是暮年,至少可以说是倾向于暮年的。

中国文人有"叹老嗟卑"之癖,的确是很俗气,无怪青年人看不上眼。以区区之见,因怕被人说"俗"并不敢言"老",这也未免雅得可以了。所以倚老卖老果然不好, 自己嘴里永远是"年方二八"也未见得妙。甚矣说之难也,愈检点愈闹笑话。

究竟什么是中年,姑置不论,话可又说回来了,当时的问题何以不见了呢?当真会跑吗?未必。找来找去,居然被我找着了:

原来我对于生的趣味渐渐在那边减少了。这自然不是说马上想去死,只是说万一(?)死了也不这么顶要紧而已。泛言之,渐渐觉得人生也不过如此。这"不过如此"四个字,我觉得醺醺有余味。变来变去,看来看去,总不出这几个花头。男的爱女的,女的爱小的,小的爱糖,这是一种了。吃窝窝头的直想吃大米饭洋白面，而吃饱大米饭洋白面的人偏有时非吃窝窝头不行，这又是一种了。冬天生炉子，夏天扇扇子，春天困斯梦东，秋天惨惨戚戚，这又是一种了。你用机关枪打过来，我便用机关枪还敬，没有，只该先你而乌乎。……这也尽够了。总而言之，统而言之，不新鲜。不新鲜原不是讨厌，所以这种把戏未始不可以看下去；但是在另一方面，说非看不可，或者没有得看，就要跳脚拍手，以至于投河觅井。这个，我真觉得不必。一不是幽默，二不是吹，识者鉴之。

看戏法不过如此，同时又感觉疲乏，想回家休息，这又是一要点。老是想回家大约就是没落之兆。（又是它来了，讨厌！）"劳我以生，息我以死"，我很喜欢这两句话。死的确是一种强迫的休息，不愧长眠这个雅号。人人都怕死，我也怕，其实仔细一想，果真天从人愿，谁都不死，怎么得了呢？至少争夺机变，是非口舌要多到恒河沙数。这真怎么得了！我总是保留这最后的自由才好。——既然如此说，眼前的夕阳西下，岂不是正好的韶光，绝妙的诗情画意，而又何叹惋之有。

他安排得这么妥当，咱们有得活的时候，他使咱们乐意多活；咱们不大有得活的时候，他使咱们甘心少活。生于自然里，死于自然里，咱们的生活，咱们的心情，永久是平静的。叫呀跳呀，他果然不怕，赞啊美啊，他也是不懂。"天地不仁""大慈大悲……"善哉善哉。

好像有一些宗教的心情了，其实并不是。我的中年之感，是不值一笑的平淡呢。——有得活不妨多活几天，还愿意好好的活着；不幸活不下去，算了。

"这用得你说吗？"

"是，是，就此不说。"

# 身 后 名

恐怕再没有比身后之名渺茫的了，而我以为毕竟也有点儿实在的。

身后名之所以不如此这般空虚者，未必它果真不空虚也，只是我们日常所遭逢的一切，远不如期待中的那般切实耳。

碌碌一生无非为名为利，谁说不是？这个年头儿，谁还不想发注横财，这是人情，我们先讲它吧。十块洋钱放在口袋里，沉甸甸的；若再多些，怕不尽是些钞票支票汇票之流。夫票者飘也，飘飘然也，语不云乎？昨天四圈麻雀，赢了三百大洋，本预备扫数报效某姑娘的，哪里知道困了一觉，一摸口袋，阿呀连翻，净变了些左一叠又一叠的"关门票子"，岂不天——鹅绒也哉！①三百金耳，尚且缥缈空虚得可观，则三百万金又何如耶？

"阿弥陀佛！"三百万净是现大洋，一不倒账，二不失窃，摸摸用用，受用之至。然而想啊，广厦万间，而我们堂堂之躯只七尺耳②；食前方丈，而我们的嘴犹樱桃也。夫以樱桃般的嘴敌一丈见方的盘儿碗儿盆儿罐儿③，其不相敌也必矣。以区区七

---

① 天字长音。——作者原注
② 也还是古尺！——作者原注
③ 罐儿，罐头食物也。——作者原注

尺,镇日步步踱踱于千万间的大房子中,其不不打而自倒也几
希。如此说来,还应了这句老话:"偃鼠饮河,不过满腹。"从偃
鼠说,满腹以外则无水,这一点儿不算错。

至于名呢,不痛不痒,以"三代以下"的我们眼光看,怕早
有隔世之感吧!

以上是反话。记得师父说过——却不记得哪一位了——
"一反一正,文章乃成,一正一反,文章乃美。"未能免此,聊复
云耳。

要说真,都真;说假,全假。若说一个真来一个假,这是名
实未亏喜怒为用,这是朝三暮四,朝四暮三的玩意儿。我们其
有狙之心也夫!

先说,身后之名岂不就是生前之名。天下无论什么,我们
都可以预期的,虽然正确上尽不妨有问题,今天吃过中饭,假
使不预期发痧气中风的话,明天总还是要吃中饭,今天太阳东
边出,明天未必就打西边出。我茫然结想,我们有苦干位名人
正在预期他的身后名,如咱们老百姓预期吃中饭出太阳一般
的热心。例如光赤君①,他许时时在那边想,将来革命文学史
上我会是第一名,第二名,第三名。

好吧,即使被光慈君硬赖了去,我不妨退九千步说,自己
虽不能预期或不屑预期,也可以看看他人的往事。这儿所谓
"他人",等于"前人",光慈君也者盖不得与焉,否则岂不又有
"咒"的嫌疑。姓屈的做了老牌的落水鬼,两千年以上,而我们
的陆侃如先生还在讲"屈原"。曹雪芹喝小米粥喝不饱,二百年

---

① 就是改名光慈的了。

后却被胡适之先生给翻腾出来了。……再过一二百年,陆胡二公的轶事被人谈讲的时候,而屈老爹曹大爷(或者当改呼二爷才对)或者还在耳朵发烧呢。耳朵发烧到底有什么好处？留芳遗臭有什么区别？都不讲。我只相信身后名的的确确是有,虽你我不幸万一,万一而不幸,竟"名落孙山"。

名气格样末事,再思再想,实头想俚勿出生前搭身后有啥两样。倒勿如实梗说①。

要阔得多,抖得多。所以我包光慈君必中头彩,总算恭维得法,而且声明,并非幽默。你们看,我们多势利眼！假使自己一旦真会阔起来的话,在一家不如一乡,一乡不如一城,一城不如一国,一国不如一世界,一世界不如许多世界。关门做皇帝,又有什么意思呢？这也并非幽默。

然而人家还疑心你是在幽默,唉！没法子！——只好再把屈老爹找来罢,他是顶不幽默的。他老人家活得真没劲儿,磕头碰脑不是咭咭聒聒的姊姊,就是滑头滑脑的渔父,看这儿,瞅那儿,知己毫无,只得去跳汨罗江。文人到这种地步,真算苦了。"然而不然"。他居然借了他的《离骚》《九章》《九歌》之流,(虽然目今有人在怀疑,在否认,)大概不过一百年,忽然得了一知己曰贾先生,又得一知己曰司马老爷,这是他料得到的吗？不管他曾逆料与否,总之他身后得逢知己是事实,他的世界以文字的因缘无限制地绵延下去也是事实。事实不幽默。

身后名更有一点占便宜处：凡歹人都会自然而然地渐渐的变好来,其变化之度以时间之长为正比例。借白水的话,生

---

① 苏白,自注。

前是"界画分明的白日",死后是"浑融的夜"。在夜色里,一切形相的轮廓都朦胧了。朦胧是美的修饰,很自然的美的修饰。这整容匠的芳名,您总该知道的罢,恕我不说。

"年光"渐远,事过情迁,芳艳的残痕,以文字因缘绵绵不绝,而伴着它们的非芳非艳,因寄托的机会较少,终于被人丢却了。古人真真有福气。咱们的房客,欠债不远,催租瞪眼,就算他是十足地道的文豪罢,也总是够讨厌的了。若是古人呢,漫说他曾经赖过房租,即使他当真杀过人放过火来,也不很干我事。他和我们已经只有情思间的感染而无利害上的冲突了。

以心理学的观念言,合乎脾胃的更容易记得住,否则反是。忆中的人物山河已不是整个儿的原件,只是经过非意识的渗滤,合于我们胃口的一部分,仅仅一小部分的选本。

文人无行自古已然,虽然不便说于今为甚。有许多名人如起之于九原,总归是讨厌的。阮籍见了人老翻白眼,刘伶更加妙,简直光屁股,倒反责备人家为什么走进他的裤裆里去。这种怪相,我们似乎看不见;我们只看见两个放诞真率的魏晋间人。这是我们所有的,因这是我们所要的。

写到这里已近余文,似乎可以歇手了,但也再加上三句话,这是预定的结局。

一切都只暂存在感觉里。身后名自然假不过,但看来看去,到底看不出它为什么会比我们平常不动念的时分以为真不过的吃饭困觉假个几分几厘。我倒真是看不出。


〔附记一〕

前天清华有课,这是我第一次感到作文的匆忙。既是匆匆、又是中夜,简直自己为《文训》造佳例了,然为事实所迫,也莫奈何,反正我不想借此解嘲就得了。

　　匆匆的结果是草草,据岂明先生说,日本文匆匆草草同音, 不妨混用。——草草决非无益于文章的, 而我不说。说得好,罢了;不好,要糟;因此,恕不。只好请猜一猜吧,这实在抱歉万分。


〔附记二〕

　　此文起草时果然匆忙,而写定时偏又不很匆忙,写完一看,已未必还有匆匆草草的好处了,因此对于读者们更加抱歉。

# 我　想

　　飘摇摇的又在海中了。仿佛是一只小帆船，载重只五百吨；所以只管风静浪恬，而船身仍不免左右前后的欹着。又睡摇篮呢！我想。

　　亦不知走了几天，忽然有一晚上，大晚上，说到了。遥见有三两个野蛮妇人在岸上跳着歌着。身上披一块，挂一块的褐色衣裙，来去迅如飞鸟，真真是小鬼头呀。我们船傍码头，她们都倏然不见；这更可证明是鬼子之流了。我想。

　　在灰白的街灯影里，迎面俄而现一巨宅，阙门中榜五字，字体方正，直行，很像高丽人用的汉文，可惜我记不得了。您最好去问询我那同船的伙伴，他们许会告诉您。我想。

　　其时船上人哗喧着，真有点儿飘洋过海的神气，明明说"到了"，又都说不出到了哪里。有人说，到了哥仑布①。我决不信：第一，哥仑布我到过的，这哪里是呢？是琉球呀！我想。

　　我走上岸，走进穹形的门，再走遍几重淡极的大屋，却不曾碰见一个人。这儿是回廊，那儿是厅堂，都无非破破烂烂的蹩脚模样。最后登一高堂，中设一座，座上并置黄缎金绣的垫

----

① 哥仑布：现译哥伦布。

子三；当中一个独大，旁边两个很小，小如掌。右侧的已空，不知被谁取去。我把左侧的也拿走了。摆在口袋里罢，这定是琉球王的宫。我想。

来时明明只我一人，去时却挟姑苏同走。他艰难地学步，船倒快开了。到我们走上跳板，跳板已在摇晃中了。终于下了船。船渐渐的又航行于无际的碧浪中。我闲玩那劫夺来的黄锦垫儿，觉得小小的一片，永远捏它不住似的，越捏得紧，便越空虚，比棉花还要松软，比秋烟还要渺茫。我瞿然有警："不论我把握得如何的坚牢，醒了终久没有着落的，何苦呢！"我想。

"反正是空虚的，就给你玩玩罢，"我就把黄锦垫儿给了姑苏。

……

# 贤明的——聪明的父母

这是一个讲演的题目，去年在师大附中讲的。曾写出一段，再一看，满不是这么回事，就此丢开。这次所写仍不惬意，写写耳。除掉主要的论旨以外，与当时口说完全是两件事，这是自然的。

照例的引子，在第一次原稿上写着有的，现在只删剩一句：题目上只说父母如何，自己有了孩子，以父亲的资格说话也。卫道君子见谅呢，虽未必，总之妥当一点。

略释本题，对于子女，懂得怎样负必须负的责任的父母是谓贤明，不想负不必负的责任的是谓聪明，是一是二，善读者固一目了然矣，却照例"下回分解"。

先想一个问题，亲之于子(指未成年的子女)子之于亲，其关系是相同与否？至少有点儿不同的，可比作上下文，上文有决定下文的相当能力，下文则呼应上文而已。在此沿用旧称，尽亲之道是上文，曰慈；尽子之道是下文，曰孝。

慈是无条件的，全体的，强迫性的。何以故？第一，自己的事，只有自己负责才合式，是生理的冲动，环境的包围，是自由的意志，暂且都不管。总之，要想，你们若不负责，那么，负责的是已死的祖宗呢，未生的儿女呢，作证婚介绍的某博士某先生呢，拉皮条牵线的张家婶李家姆呢？我都想不通。第二，有负全

生命之价值与趣味

恐怕是永久的玄学上的问题……

责的必要与可能,我也想不出有什么担负不了的。决定人的一生,不外先天的遗传,后天的教育。遗传固然未必尽是父母的责任,却不会是父母以外的人的。教育之权半操诸师友,半属诸家庭,而选择师友的机会最初仍由父母主之。即教育以外的环境,他们亦未始没有选择的机会。第三,慈是一种公德,不但须对自己,自己的子女负责,还得对社会负责。留下一个不尴不尬的人在世上鬼混,其影响未必小于在马路上啐一口痰,或者"君子自重"的畸角上去小便。有秩序的社会应当强迫父母们严守这不可不守,对于种族生存有重大意义的公德。

这么看来,慈是很严肃的,决非随随便便溺爱之谓,而咱们这儿自来只教孝不教慈,只说父可以不慈,子不可以不孝,却没有人懂得即使子不孝,父也不可不慈的道理;只说不孝而后不慈,天下无不是的父母,却不知不慈然后不孝,天下更无不是的儿女,这不但是偏枯,而且是错误,不但是错误,而且是颠倒。

孝是不容易讲的,说得不巧,有被看作洪水猛兽的危险。孝与慈对照,孝是显明地不含社会的强迫性。举个老例,瞽瞍①杀人,舜窃负而逃,弃天下如敝屣,孝之至矣;皋陶即使会罗织,决不能证舜有教唆的嫌疑。瞽瞍这个老头儿,无论成才不成才,总应当由更老的他老子娘去负责,舜即使圣得可以,孝得可观,也恕不再来负教育瞽瞍的责任,他并没有这可能。商均倒是他该管的。依区区之见,舜家庭间的纠纷,不在乎父母弟弟的捣乱,却是儿子不争气,以致锦绣江山,丈人传给他

---

① 瞽瞍:古帝虞舜之父。

的,被仇人儿子生生抢走了,于舜可谓白璧微瑕。他也是只懂得孝不懂得慈的,和咱们一样。

社会的关系既如此,就孝的本身说,也不是无条件的,这似乎有点重要。我一向有个偏见,以为一切感情都是后天的,压根儿没有先天的感情。有一文叫做感情生于后天论,老想做,老做不成,这儿所谈便是一例。普通所谓孝的根据,就是父母儿女之间有所谓天性,这个天性是神秘的,与生俱生的,不可分析的。除掉传统的信念以外,谁也不能证明它的存在。我们与其依靠这混元一气的先天的天性,不如依靠寸积铢累的后天的感情来建立亲子的关系,更切实而妥帖。详细的话自然在那篇老做不出的文章上面。

说感情生于后天,知恩报恩,我也赞成的。现在讨论恩是什么。一般人以为父亲对于子女,有所谓养育之恩,详细说,十月怀胎,三年乳哺,这特别偏重母亲一点。赋与生命既是恩,孩子呱呱堕地已经对母亲,推之于父亲负了若干还不清的债务,这虽不如天性之神秘,亦是一种先天的系属了。说我们生后,上帝父亲母亲然后赋以生命,何等的不通!说我们感戴未生以前的恩,这非先天而何?若把生命看作一种礼物而赋予是厚的馈赠呢,那么得考量所送礼物的价值。生命之价值与趣味恐怕是永久的玄学上的问题,要证明这个,不见得比证明天性的存在容易多少,也无从说起。亲子的关系在此一点上,是天行的生物的,不是人为的伦理的。把道德的观念建筑在这上面无有是处。

亲子间的天性有无既难定,生命的单纯赋予是恩是怨也难说,传统的名分又正在没落,孝以什么存在呢?难怪君子人惴惴焉有世界末日之惧。他们忽略这真的核心,后天的感情。

这种感情并非特别的，只是最普通不过的人情而已。可惜咱们亲子的关系难得建筑在纯粹的人情上，只借着礼教的权威贴上金字的封条，不许碰它，不许讨论它，一碰一讲，大逆不道。可是"世衰道微"之日，顽皮的小子会不会想到不许碰，不许讲，就是"空者控也，搜者走也"的一种暗示，否则为什么不许人碰它，不许人讨论它。俗话说得好："为人不作亏心事，半夜敲门鬼不惊。"

人都是情换情的，惟孝亦然。上已说过慈是上文，孝是下文，先慈后孝非先孝后慈，事实昭然不容驳辩。小孩初生不曾尽分毫之孝而父母未必等他尽了孝道之后，方才慢条斯理不慌不忙地去抚育他，便是佳例。所以孝不自生，应慈而起，儒家所谓报本反始，要能这么解释方好。父母无条件的尽其慈是施，子女有条件的尽其孝是报。这个报施实在就是情换情，与一般的人情一点没有什么区别。水之冷热饮者自知，报施相当亦是自然而然，并非锱铢计较一五一十，亲子间真算起什么清账来，这也不可误会。

孝是慈的反应，既有种种不等的慈，自然地会有种种不等的孝，事实如此，没法划一的。一个人对于父母二人所尽的孝道有时候不尽同。这个人的与那个人的孝道亦不必尽同。真实的感情是复杂的，弹性的，千变万化，而虚伪的名分礼教却是一个冰冷铁硬的壳子，把古今中外付之一套。话又说回来，大概前人都把亲子系属看作先天的，所以定制一块方方的蛋糕叫做孝；我们只承认有后天的感情，虽不"非孝"，却坚决地要打倒这二十四孝的讲法。

我的说孝实在未必巧，恐怕看到这里，有人已经在破口大骂，"撕做纸条儿"了。这真觉得歉然。他们或者正在这么想：父母一不喜欢子女，子女马上就有理由来造反，这成个甚么世界！甚么东西！这种"生地蛮嗯打儿"的口气也实在可怕。可是等他们怒气稍息以后，我请他们一想，后天的关系为什么如此不结实？先天的关系何以又如此结实？亲之于子有四个时期：结孕，怀胎，哺乳，教育，分别考察。结孕算是恩，不好意思罢。怀胎相因而至，也是没法子的。她或者想保养自己的身体为异日出风头以至于效力国家的地步，未必纯粹为着血胞才谨守胎教。三年乳哺，一部分是生理的，一部分是环境的，较之以前阶段，有较多自由意志的成分了。至离乳以后，以至长大，这时期中，种种的教养，若不杂以功利观念，的确是一种奢侈的明智之表现。这方才建设慈道的主干，而成立子女异日对他们尽孝的条件。这么掐指一算，结孕之恩不如怀胎，怀胎之恩不如哺乳，哺乳之恩不如教育。越是后天的越是重要，越是先天的越是没关系。

慈之重要既如此，而自来只见有教孝的，什么缘由呢？比较说来，慈顺而易，孝逆而难，慈有母爱及庇护种族的倾向做背景——广义的生理关系——而孝没有；慈易而孝难。慈是施，对于子的爱怜有感觉的张本，孝是报，对于亲之劬劳，往往凭记忆想象推论使之重现；慈顺而孝逆。所以儒家的报本反始，慎终追远论，决非完全没有意义的。可是立意虽不错，方法未必尽合。儒家的经典《论语》说到慈的地方已比孝少得多，难怪数传以后就从对待的孝变成绝对的孝。地位愈高，标准愈刻，孝子的旌表愈见其多而中间大有"儒林外史"的匡超人在，这种是事实罢。他们都不明白尽慈是教孝的惟一有效的方法，却无条件地教起孝来，其结果是在真小人以外添了许多的伪君子。

　　慈虽为孝的张本,其本身却有比孝更重大的价值。中国的伦理,只要矫揉造作地装成鞠躬尽瘁的孝子,决不想循人性的自然,养成温和明哲的慈亲,这于民族的生存和发展,有相当重大的关系。积弱之因,这未必不是一个。姑且用功利的计算法,社会上添了一个孝子,他自己总是君子留点仪刑于后世,他的父母得到晚年的安享,效用至多如此而已;若社会上添一慈亲,就可以直接充分造就他的子女,他的子女一方面致力于社会,一方面又可以造就他的子女的子女,推之可至无穷。这仍然是上下文地位不同的原故。慈顺而易,孝逆而难,这是事实;慈较孝有更远大的影响,更重大的意义也是事实。难能未必一定可贵。

　　能够做梦也不想到“报”而慷慨地先“施”,能够明白尽其在我无求于人是一种趣味的享受, 能够有一身做事一身当的气概,做父母的如此存心是谓贤明,自然实际上除掉贤明的态度以外另有方法。我固然离贤明差得远, 小孩子将来要 “现眼”,使卫道之君子拍手称快,浮一大白也难说;可是希望读者不以人废言。好话并不以说在坏人嘴里而变坏。我不拥护自己,却要彻底拥护自己的论旨。

　　但同时不要忘记怎样做个聪明的。儿女成立以后亲之与子,由上下文变成一副对联——平等的并立的关系。从前是负责时期,应当无所不为;现在是卸责时期应当有所不为。干的太过分反而把成绩毁却, 正是所谓“蛇固无足, 子安能为之足”。

　　慈道既尽卸责是当然,别无所谓冷淡。儿女们离开家庭到社会上去,已经不是赤子而是独立的人。他们做的事还要我们来负责,不但不必,而且不可能,把太重的担子压在肩头,势必至于自己摔交而担子砸碎,是谓两伤。从亲方言,儿女长大了,依然无限制无穷尽地去为他们服务,未免太对不起自己。我们虽不曾梦想享受儿孙的福,却也未必乐意受儿孙的累。就子方言,老头子动辄下论旨,发训话,老太太说长道短,也实在有点没趣,即使他们确是孝子。特别是时代转变,从亲之令往往有所不能,果真是孝子反愈加为难了。再退一步,亲方不嫌辛苦,子方不怕唠叨,也总归是无取的。

看看实际的中国家庭,其情形却特别。教育时期,旧式的委之老师,新派交给学校,似乎都在省心。直到儿女长成以后,老子娘反而操起心来,最习见的,是为儿孙积财,干预他们的恋爱与婚姻,这都是无益于己,或者有损于人的玩意儿。二疏说:"贤而多财则损其志,愚而多财则益其过"真真是名言,可是老辈里能懂得而相信这个意思的有几个,至于婚姻向来是以父母之命为成立的条件的,更容得闹成一团糟,这是人人所知的。他们确也有苦衷,大爷太不成,不得不护以金银钞票,大姑娘太傻不会挑选姑爷,老太爷老太太只好亲身出马了。这是事实上的困难,却决不能推翻上述的论旨,反在另一方面去证明它。这完全是在当初负责时期不尽其责的原故,换言之,昨儿欠了些贤明,今儿想学聪明也不成了。教育完全成功以后,岂有不能涉世,更岂有不会结婚的,所以这困难决不成为必须干涉到底的口实。

聪明人的特性,一是躲懒,一是知趣,聪明的父母亦然。躲懒就是有所不为,说见上。知趣之重要殆不亚于躲懒。何谓知趣?吃亏的不找帐,赌输的不捞本,施与的不望报。其理由不妨列举:第一,父母总是老早成立了,暮年得子女的奉侍固可乐,不幸而不得,也正可以有自娱的机会,不责报则无甚要紧。不比慈是小孩子生存之一条件。第二,慈是父母自己的事,没有责报的理由。第三,孝逆而难,责报是不容易的。这两项上边早已说过。第四以功利混入感情,结果是感情没落,功利失却,造成家庭间鄙薄的气象,最为失算。试申说之。

假使慈当作一般的慈爱讲,中国家族,慈亲多于孝子恐怕没有问题的。以这么多的慈亲为什么得不到一般多的孝子呢?他们有的说世道衰微人心不古啦,有的说都是你们这班洪水猛兽干的好事啦,其实都丝毫不得要领。在洪水猛兽们未生以前,很古很老的年头,大概早已如此了,虽没有统计表为证。根本的原因,孝只是一种普通的感情,比起慈来有难易顺逆之异,另外有一助因,就是功混利于感情。父母虽没有绝对不慈的,(精神异常是例外)可是有绝对不望报的吗?我很怀疑这分数的成数,直觉上觉得不会得很大。所谓"养儿防老积谷防饥",明显地表现狭义的功利心。重男轻女也是一旁证,儿子胜于女儿之处,除掉接续香烟以外,大约就数荣宗耀祖了。若以纯粹的恋爱为立场,则对于男女为什么要歧视如此之甚呢?有了儿子,生前小之得奉侍,大之得显扬,身后还得血食,抚养他是很合算的。所持虽不甚狭,所欲亦复甚奢,宜有淳于髡之笑也。他们只知道明中占便宜,却不觉得暗里吃亏。一以功利为心,真的慈爱都被功利的成分所搀杂,由搀杂而仿佛没落了。本来可以唤起相当反应的感情,现在并此不能了。父责望于子太多,只觉子之不孝;子觉得父的责望如此之多,对于慈的意义反而怀疑起来。以功利妨感情,感情受伤而功利亦乌有,这是最可痛心的。虽不能说怎样大错而特错,至少不是聪明的办法呢。

聪明的父母,以纯粹不杂功利的感情维系亲子的系属,不失之于薄;以缜密的思考决定什么该管,什么恕不,不失之于厚。在儿女未成立以前最需要的是积极的帮助,在他们成立以后最需要是的消极的不妨碍。他们需要什么,我们就给他们什么,这是聪明,这也是贤明。他们有了健全的人格,能够恰好地应付一切,不见得会特别乖张地应付他们的父母,所以不言孝而孝自在。

截搭题已经完了, 读者们早已觉得, 贤明与聪明区别难分,是二而一的。聪明以贤明为张本,而实在是进一步的贤明。天职既尽,心安理得,在我如此,贤明即聪明也;报施两忘,浑然如一,与人如此,贤明又即聪明也,聪明人就是老实人,顶聪明的人就是顶老实的人,实际上虽不必尽如此,的确应当是如此的。

# 春 来

"假定冬天来了,春天还能远吗?"您也将遥遥有所忆了,——虽然,我是不该来牵惹您的情怀的。

然而春天毕竟会来的,至少不因咱们不提起它就此不来。于是江南的莺花和北地的风尘将同邀春风的一笑了。我们还住在一个世界上哩!

果真我们生长在绝缘的两世界上,这是何等好!果真您那儿净是春天,我这儿永远是冰,是雪,是北风,这又何等好。可惜都不能!我们总得感物序之无常,怨山河之辽廓,这何苦来?

微吟是不可的,长叹也是不可的,这些将挡着幸运人儿的路。若一味的黯然,想想看于您也不大合式的罢,"更加要勿来"。只有跟着时光老人的脚迹,把以前的噩梦渐渐笼上一重乳白的轻绡,更由朦胧而涉茫,由渺茫而竟消沉下去,那就好了!夫了者好也,语不云乎?

谁都懂得,我当以全默守新春之来。可恨我不能够如此哩。想到天涯海之角,许有凭阑凝想的时候,则区区奉献之词,即有些微的唐突,想也是无妨于您那春天的一笑的。

乌鸦固丑，

却会哀音，

大雅明达，

知此心也。

# 漫 谈 红 学

　　《红楼梦》好像断纹琴,却有两种黑漆:一索隐,二考证。自传说是也,我深中其毒,又屡发为文章,推波助澜,迷误后人。这是我生平的悲愧之一。

## 红学之称,本是玩笑

　　《红楼》妙在一"意"字,不仅如本书第五回所云也。每意到而笔不到,一如蜻蜓点水稍纵即逝,因之不免有罅漏矛盾处,或动人疑或妙处不传。故曰有似断纹琴也。若夫两派,或以某人某事实之,或以曹氏家世比附之,虽偶有触着,而引申之便成障碍,说既不能自圆,舆评亦多不惬。夫断纹古琴,以黑色退光漆漆之,已属大煞风景,而况其膏沐又不能一清似水乎。纵非求深反惑,总为无益之事。"好读书,不求甚解",窃愿为爱读《红楼》者诵之。

　　红学之称本是玩笔,英语曰 Redology 亦然。俗云:"你不说我还明白,你越说我越糊涂了。"此盖近之。我常说自己愈研究愈糊涂,遂为众所诃,斥为巨谬,其实是一句真心语,惜人不之察。

　　文以意为主。得意忘言,会心非远。古德有言:"依文解义,三世佛冤。离经一字，便同魔说"，或不妨借来谈"红学"。无言最妙，如若不能，则不即不离之说，抑其次也。神光离合，乍阴乍阳，以不即不离说之，虽不中亦不远矣。譬诸佳丽偶逢，一意冥求，或反失之交臂，此犹宋人词所云"众里寻他千百度，蓦然回首，那人却在灯火阑珊处"也。

夫不求甚解，非不求其解也。曰不即不离者，亦然浮光掠影，以浅尝自足也。追求无妨，患在钻入牛角尖。深求固佳，患在求深反惑。若夫诪张为幻，以假混真，自欺欺人，心劳日拙已。以有关学术之风气，故不惮言之耳。

更别有一情形，即每说人家头头是道，而自抒己见，却未必尽圆，略如昔人诗云"鲍老当筵笑郭郎，笑他舞袖太郎当；若教鲍老当筵舞，能更郎当舞袖长"，此世情常态也，于"红学"然。近人有言："《红楼梦》简直是一个碰不得的题目。"余颇有同感。何以如此，殆可深长思也。昔曾戏拟"红楼百问"书名，因故未作——实为侥幸。假令书成，必被人掎摭利病，诃为妄作，以所提疑问决不允恰故。岂不自知也。然群疑之中苟有一二触着处，即可抛砖引玉，亦野人之意尔。今有目无书，自不能多说。偶尔想到，若曩昔所拟"红学何来"？可备一问欤？

## 百年红学，从何而来？

红学之称，约逾百年，虽似诨名，然无实意。诚为好事者不知妄作，然名以表实，既有此大量文献在，则谓之红学也亦宜。但其他说部无此诨名，而《红楼梦》独有之，何耶？若云小道，固皆小道也。若云中有影射，他书又岂无之，如《儒林外史》《孽海花》均甚显著，似皆不能解释斯名之由来。然则固何缘有此红学耶？我谓从是书本身及其遭际而来。

最初即有秘密性，瑶万所谓非传世小说，中有碍语是也。亲友或未窥全豹，外间当已有风闻。及其问世，立即不胫而走，以钞本在京师庙会中待售。有从八十回续下者可称一续，程、高拟本后。从百二十回续下者，可称二续，纷纷扰扰，不知所届。淫辞癔①语，观者神迷。更有一种谈论风气，即为红学之滥觞。"开口不谈《红楼梦》，此公缺典定糊涂"，京师竹枝词中多有类此者。殆成为一种格调，仿佛咱们北京人，人人都在谈论《红楼梦》似的。——夸大其词，或告者之过，而一时风气可想见已。由口说能为文字，后来居上，有似积薪，茶酒闲谈，今成"显学"，殆非偶然也。其关键尤在于此书之本身，初起即带着问题来。斯即《红楼梦》与其他小说不同之点，亦即纷纷谈论之根源。有疑问何容不谈？有"隐"岂能不索？况重以丰神绝代之文词乎。曰猜笨谜，诚属可怜，然亦人情也。索隐之说于清乾隆时即有之(如周春随笔记壬子冬稿一七九二)可谓甚早。红学之奥，固不待嘉道间也。

## 从索隐派到考证派

原名《石头记》。照文理说，自"按那石上书云"以下方是此记正文，以前一大段当是总评、楔子之类，其问题亦正在此。约言之有三，而其中之一与二，开始即有矛盾。甄士隐一段曰"真事隐去"，贾雨村一曰冒"假语村言"(以后书中言及真假两字

---

① 癔：读 yì，同"呓"。

者甚多，是否均依解释，不得而知)，真的一段文辞至简，却有一句怪话："而假通灵之说撰此《石头记》一书也。"着此一言也，索隐派聚讼无休，自传说安于缄默。若以《石头记》为现实主义的小说，首先必须解释此句与衔玉而生之事。若斥为糟粕而摒弃之，似乎不能解决问题，以读者看《红楼梦》第一句就不懂故也。人人既有此疑问，索隐派便似乎生了根，春风吹又生。一自胡证出笼，脂评传世，六十年来红学似已成考证派(自传说)的天下，其实仍与索隐派平分秋色。蔡先生晚年亦未尝以胡适为然也。海外有新索隐派兴起不亦宜乎，其得失自当别论。假的一段稍长，亦无怪语，只说将自己负罪往事，编述一集以告天下；又说"闺阁中本自历历有人"，万不可使其泯灭。——此即本书有"自传说"之明证，而为我昔日立说之依据。话虽如此，却亦有可怪之处。既然都是真(后文还有"亲睹亲闻"、"追踪蹑迹"等等)，为什么说他假？难道就是"假作真时真亦假"么？即此已令人坠入五里雾中矣。依上引文，《红楼梦》一开始，即已形成索隐派、自传说两者之对立，其是非得失，九原不作，安得而辨之，争论不已，此红学资料之所以汗牛充栋也。"愚擯勿读"，似属过激，尝试览之，是使读者目眩神迷矣。

## 书名人名，头绪纷繁

此段文中之三，更有书名人名，即本书著作问题，亦极五花八门之胜。兹不及讨论，只粗具概略。按一书多名，似从佛经拟得。共有四名，仅一《石头记》是真，三名不与焉？试在书肆中购《情僧录》《风月宝鉴》《金陵十二钗》，固不可得也。又二百年来脍炙人口《红楼梦》之名变不与焉，何哉？(脂批本只甲戌本有之,盖后被删去。)顾名思义,试妄揣之,《石头记》似碑史传;《情僧录》似禅宗机锋;《风月宝鉴》似惩劝淫欲书;《金陵十二钗》当有多少粉白黛绿、燕燕莺莺也。倘依上四名别撰一编,特以比较《红楼梦》,有"存十一于千百"之似乎?恐不可得也。书名与书之距离,即可窥见写法之迥异寻常。况此诸名,为涵义蕴殆借以表示来源之复杂,尚非一书多名之谓乎。

人名诡异,不减书名。著作人三而名四。四名之中,三幻而一真,曹雪芹是也。以著作权归诸曹氏也宜。一如东坡《喜雨亭记》之"吾以名吾亭"也。虽然归诸曹雪芹矣,乌有先生亡是公之徒又胡为乎来哉!(甲戌本尚多一吴玉峰)假托之名字异于实有其人,亦必有一种含义,盖与本书之来历有关。今虽不能遽知,而大意可识,穿凿求之固然,视若无睹,亦未必是也。作者起草时是一张有字的稿纸,而非素纸一幅,此可以想见者。读《红楼梦》,遇有困惑,忆及此点,未必无助也。

其尤足异者,诸假名字间,二名一组,三位一体。道士变为和尚,又与孔子家连文,大有"三教一家"气象。宜今人之视同糟粕也。然须有正当之解释与批判。若径斥逐之,徒滋后人之惑,或误认为遗珠也。三名之后,结之以"曹雪芹于悼红轩中披阅"云云,在著作人名单上亦成为真假对峙之局,遥应开端两段之文,浑然一体。由此视之,楔子中主要文字中,红学之雏形已具,足以构成后来聚讼之基础,况加以大量又混乱之脂批,一似烈火烹油也。

若问:"红学何来?"答曰:"从《红楼梦》里来。"无《红楼梦》,即无红学矣。或疑是小儿语。对曰:"然。"

其第二问似曰:"红学又如何?"今不能对,其理显明。红学显学,烟墨茫茫,岂孩提所能辨,耄荒所能辨乎。非无成效也,而矛盾伙颐,有如各派间矛盾,各说间矛盾,诸家立说与《红楼梦》间矛盾,而《红楼梦》本身亦相矛盾。红学本是从矛盾中发展壮大起来的。固不足为病。但广大读者自外观之,只觉烟尘滚滚, 杀气迷漫, 不知其得失之所在。胜负所由分, 而靡所适从焉。

昔一九六三年有吊曹雪芹一诗,附录以结篇:

艳传外史说红楼,半记风流得似不。

脂砚芹溪难并论,蔡书王证半胡诌。

商谜客自争先手,弹驳人皆愿后休。

何处青山埋玉骨,漫将卮酒为君酬。

# 红楼梦的风格

　　上篇所说有些偏于考证的。这篇全是从文学的眼光来读《红楼梦》。原来批评文学的眼光是很容易有偏好的,所以甲是乙非了无标准。俗语所谓"麻油拌韭菜,各人心里爱",就是这类情景的写照了。我在这里想竭力避免那些可能排去的偏见私好,至于排不干净的主观色彩,只好请读者原谅了。

　　在现今我们中国文艺界中,《红楼梦》仍为第一等的作品,实际上的确如此。在高鹗续书那时候,已脍炙人口二十余年了。自刻本通行以后,《红楼梦》已成为极有势力的民间文学,差不多人人都看,并且人人都喜欢谈,所以京师竹枝词有"开口不谈《红楼梦》,此公缺典定糊涂"之语,可见《红楼梦》行世后,人心颠倒之深。(此语见清同治年间,梦痴学人所著的《梦痴说梦》所引。)即我们研究《红楼梦》的嗜好,也未始不是在那种空气中间养成的。

　　《红楼梦》的风格,我觉得较无论哪一种旧小说都要高些。所以风格高上的缘故,正因《红楼梦》作者的态度与他书作者态度有些不同。

　　从作者自传这个观念,对于《红楼梦》风格的批评有很大的影响。书中的人物事情都有蓝本,所以《红楼梦》作者的最大手段是写生。世人往往把创造看作空中楼阁,而把写实看作模拟,却不晓得想象中的空中楼阁,也有过去经验作蓝本,若真离弃一切的经验,心灵便无从活动了。虚构和写实都靠着经验,不过中间的那些上下文的排列,有些不同罢了。写生既较逼近于事实,所以从这手段做成的作品所留下的印象感想,亦较为明活深切。

《红楼梦》作者的手段是写生。他自己在第一回,说得明明白白:

> 其间离合悲欢,兴衰际遇,俱是按迹寻踪,不敢稍加穿凿,致失其真。
> 因见上面大旨不过谈情,亦只实录其事。

我们看,凡《红楼梦》中的人物都是极平凡的,并且有许多极污下不堪的。人多以为这是《红楼梦》作者故意骂人,所以如此;却不知道作者的态度只是一面镜子,到了面前便须眉毕露无可逃避了,妍媸虽必从镜子里看出,但所以妍所以媸的原故,镜子却不能负责。以我的偏好,觉得《红楼梦》作者第一本领,是善写人情。细细看去,凡写书中人没有一个不适如其分际,没有一个过火的;写事写景亦然。我说:"好一面公平的镜子啊!"

我还觉得《红楼梦》所表现的人格,其弱点较为显露。作者对于十二钗,是爱而知其恶的。所以如秦氏的淫乱,凤姐的权诈,探春的凉薄,迎春的柔懦,妙玉的矫情,皆不讳言之。即钗黛是他的真意中人了,但钗则写其城府深严,黛则写其口尖量小,其实都不能算全才。全才原是理想中有的,作者是面镜子如何会照得出全才呢?这正是作者极老实处,却也是极聪明处，妙解人情看去似乎极难，说老实话又似极容易，其实真是一件事的两面。《红楼梦》在这一点上，旧小说中能比他的只有《水浒》。《水浒》中有一百零八个好汉，却没有一个全才。这两位作者，大概在这里很有同心了。

　　《红楼梦》中人格都是平凡这句话，我晓得必要引起多少读者的疑猜；因为他们心目中至少有一个人是超平凡的。谁呢？就是书中的主人翁——贾宝玉。依我们从前囫囵吞枣的读法，宝玉的人格确近乎超人的。我们试想一个纨绔公子，放荡奢侈无所不至的，幼年失学，长大忽然中举了。这便是个奇迹，颇含着些神秘性的了。何况一中举便出了家，并且以后就不知所终了，这真是不可思议。但所以生这类印象，我们都被高先生所误，因为我们太读惯了一百二十回本的《红楼梦》，引起不自觉的错误来。若断然只读八十回，便另有一个平凡的宝玉，印在我们心上。

　　依雪芹写法，宝玉的弱点亦很多的。他既做书自忏，决不会像现在人自己替自己登广告啊。所以他在第一回里，即屡次明说。在第三回《西江月》又自骂一起，什么"富贵不知乐业，贫穷难耐凄凉。"这怕也是超人的形景吗？是决不然的。至于统观八十回所留给我们，宝玉的人格，可以约略举一点。他天分极高，却因为环境关系，以致失学而被摧残。他的两性的情和欲，都是极热烈的，所以警幻很大胆的说："好色即淫，知情更淫"；一扫从来迂腐可厌的鬼话。他是极富于文学上的趣味，哲学上的玄想，所以人家说他是痴子；其实宝玉并非痴慧参半，痴是慧的外相，慧即是痴的骨子。在这一点作者颇有些自诩，不过总依然不离乎人情的范围。

　　依我们的推测，宝玉大约是终于出家；但他的出家，恐不专因忏情,并且还有生计的影响,在上边已说过了,出家原是很平凡的,不过像续作里所描写的,却颇有些超越气象。况且做和尚和成仙成佛,颇有些不同。照高君续作看来,宝玉结果是成了仙佛,却并不是做和尚。所以贾政刚写到宝玉的事,宝玉就在雪影里面光头赤脑披了大红斗篷,向他下拜,后来僧道夹之而去,霎时不见踪迹。(事见第百二十回)试问世界上有这种和尚么?后来皇帝还封了文妙真人,简直是肉体飞升了。神仙佛祖是超人,和尚是人,这个区别无人不清楚的。雪芹不过叫宝玉出家,所以是平凡的。高鹗叫宝玉出世,所以是超越的。《红楼梦》中人格是平凡的这个印象,非先有分别的眼光读原书不可,否则没有不迷眩的。

在逼近真情这点特殊风格外, 实事求是这个态度又引出第二个特色来。《红楼梦》的篇章结构,因拘束于事实,因而能够一洗前人的窠臼, 不顾读者的偏见嗜好。凡中国自来的小说,大都是俳优文学,所以只知道讨看客的欢喜。我们的民众向来以团圆为美的,悲剧因此不能发达,无论哪种戏剧小说,莫不以大团圆为全篇精彩之处,否则就将讨读者的厌,束之高阁了。若《红楼梦》作者则不然;他自发牢骚,自感身世,自忏情孽,于是不能自己的发为文章,他的动机根本和那些俳优文士已不同了。并且他的材料全是实事,不能任意颠倒改造的,于是不得已要打破窠臼得罪读者了。作者当时或是不自觉的也未可知,不过这总是《红楼梦》的一种胜利功绩。

《红楼梦》的不落窠臼,和得罪读者是合二而一的;因为窠臼是习俗所乐道的,你既打破他,读者自然地就不乐意了。譬如社会上都喜欢大小团圆,于是千篇一律的发为文章,这就是窠臼;你偏要描写一段严重的悲剧,弄到不欢而散,就是打破窠臼,也就是开罪读者。所以《红楼梦》在我们文艺界中很有革命的精神。他所以能有这样的精神,却不定是有意与社会挑战,是由于凭依事实,出于势之不得不然,因为窠臼并非事实所有,事实是千变万化,哪里有一个固定的型式呢?既要落入窠臼,就必须要颠倒事实;但他却非要按迹寻踪实录其事不可,那么得罪人又何可免的。我以为《红楼梦》作者的第一大本领,只是肯说老实话,只是做一面公平的镜子。这个看去如何容易,却实在是真正的难能。看去如何平淡,《红楼梦》却成为我们中国过去文艺界中第一部奇书。我因此有一种普通的感想,觉得社会上行为激烈的都是些老实人,和平派都是些大滑头啊。

在这一点上,有友人对我说过:"《红楼梦》的最大特色,是敢于得罪人的心理。"《红楼梦》开罪于一般读者的地方很多,最大的却有两点。社会上最喜欢有相反的对照。戏台上有一个红面孔,必跟着个黑面孔来陪他,所谓"一脸之红荣于华衮,一鼻之白严于斧钺"。在小说上必有一个忠臣,一个奸臣;一个风流儒雅的美公子,一个十不全的傻大爷;如此等等,不可胜计。我小时候听人讲小说,必很急切地问道:"哪个是好人?哪个是坏人?"觉得这是小说中最重要,并且最精彩的一点。社会上一般人的读书程度,正还和那时候的我差不许多。雪芹先生于是狠狠地对他们开一下玩笑。《红楼梦》的人物,我已说过都是平凡的。这一点就大拂人之所好,幸亏高鹗续了四十回,勉强把宝玉抬高了些,但依然不能满读者的意。高鹗一方面做雪芹的罪人,一方面读者社会还不当他是功臣。依那些读者先生的心思,最好宝玉中年封王拜相,晚年拔宅飞升。(我从前看见一部很不堪的续书,就是这样做的。)雪芹当年如肯照这样做去,那他们就欢欣鼓舞不可名状,再不劳续作者的神力了!无奈他却偏偏不肯,宝玉亦慧、亦痴,亦淫、亦情,但千句归一句,总不是社会上所赞美的正人。他们已经皱眉有些说不出的难受了。十二钗都有才有貌,但却没有一个是三从四德的女子;并且此短彼长,竟无从下一个满意的比较褒贬。读者对于这种地方,实在觉得很麻烦、不自在,后来究竟忍耐不住,到底做一个九品人表去过过瘾方才罢休。

　　但作者开罪社会心理之处,还有比这个大的。《红楼梦》是一部极严重的悲剧,书虽没有做完,但这是无可疑的,不但宁荣两府之由盛而衰,十二钗之由荣而悴,能使读者为之怆然雪涕而已。若细玩宝玉的身世际遇,《红楼梦》可以说是一部问题小说。试想以如此的天才,后来竟弄到潦倒半生,一无成就,责任应该谁去负呢?天才原是可遇不可求的,即偶然有了亦被环境压迫毁灭,到穷愁落魄,结果还或者出了家。即以雪芹本人而论,虽有八十回的《红楼梦》可以不朽,但全书并未完成穷愁而死,在文化上真是莫大的损失。不幸中之大幸,他总算还做了八十回书,流传又如此之广,但他的家世名讳,直等最近才考出来。从前我们只知道有曹雪芹,至多再晓得是曹寅的儿子(其实是曹寅的孙子),以外便茫然了。即现在我们虽略多知道一点,但依然是可怜得很。这曹雪芹先生年表,正不大好做哩。

　　高鹗使宝玉中举,做仙做佛,是大违作者的原意的,但他始终是很谨慎的人,不想在《红楼梦》上造孽的。他总竭力揣摩作者的意思,然后再补作那四十回。我们已很感激他这番能尊重作者的苦心。文章本来表现人的个性,有许多违反错误是不能免的。若有人轻视高作,何妨自己来续一下,就知道深浅了。高鹗既不肯做雪芹的罪人,就难免跟着雪芹开罪社会了;所以大家读高鹗续作的四十回大半是要皱眉的。但是这种皱眉，不足表明高君的才短，正是表明他的不可及处。他敢使黛玉平白地死去，使宝玉娶宝钗，使宁荣抄家，使宝玉做了和尚；这些都是好人之所恶。虽不是高鹗自己的意思，是他迎合雪芹的意思做的，但能够如此，已颇难得。至于以后续做的人，更不可胜计，大半是要把黛玉从坟堆里拖出来，叫她去嫁宝玉。这种办法，无论其情理有无，总是另有一种神力才能如此。必要这样才算有收梢，才算大团圆，真使我们不好说话了。

现在我们从各方面证明原本只八十回，并且连回目亦只这八十是真的，这是完全依据事实，毫不杂感情上的好恶。但许多人颇赞成我们的论断，却因为只渎八十回便可把这些讨人厌的东西一齐扫去，他们不消再用神力把黛玉还魂，只很顺当的便使宝黛成婚了。他们这样利用我们的发现，来成就他们的团圆迷，来糟蹋《红楼梦》的价值，我们却要严重的抗议了。依作者的原意做下去，其悲惨凄凉必过于高作，其开罪世人亦必过之。在《红楼梦》上面，不能再让你们来过团圆瘾!

我们又知道《红楼梦》全书中之题材是十二钗，是一部忏悔情孽的书。从这里所发生的文章风格，差不多和哪一部旧小说都大大不同，可以说是《红楼梦》的个性所在。是怎样的风格呢? 大概说来，是"怨而不怒"。前人能见到此者，有江顺怡君。他在《读〈红楼梦〉杂记》上面说:

> ……正如白发宫人涕泣而谈天宝，不知者徒艳其纷华靡丽，有心人视之皆缕缕血痕也。

他又从反面说《红楼梦》不是谤书:

其间离合悲欢，

兴衰际遇，俱是按迹寻踪，

不敢稍加穿凿，

致失其真。

　　《红楼梦》所记皆闺房儿女之语……何所谓毁？何所谓谤？

　　这两节话说得淋漓尽致，尽足说明《红楼梦》这一种怨而不怒的态度。

　　我怎能说《红楼梦》在这点上，和哪种旧小说都不相同呢？我们试举几部《红楼梦》以外，极有价值的小说一看。我们常和《红楼梦》并称的是《水浒》《儒林外史》。《水浒》一书是愤慨当时政治腐败而作的，所以奖盗贼贬官军。看署名施耐庵那篇自序，愤激之情，已溢于词表。"《水浒》是一部怒书"，前人亦已说过(见张潮的《幽梦影》上卷)。《儒林外史》的作者虽愤激之情稍减于耐庵，但牢骚则或过之。看他描写儒林人物，大半皆深刻不为留余地，至于村老儿唱戏的，却一唱三叹之而不止。对于当日科场士大夫，作者定是深恶痛疾无可奈何了，然后才发为文章的。《儒林外史》的苗裔有《二十年目睹之怪现状》《广陵潮》《留东外史》之类。就我所读过的而论：《留东外史》的作者，简直是个东洋流氓，是借这部书为自己大吹法螺的，这类黑幕小说的开山祖师可以不必深论。《广陵潮》一书全是村妇谩骂口吻，反觉《儒林外史》中人物，犹有读书人的气象。作者描写的天才是很好的，但何必如此尘秽笔墨呢？前《红楼梦》而负盛名的有《金瓶梅》，这明是一部谤书，确是有所为而作的，与《红楼梦》更不可相提并论了。

　　以此看来，怨而不怒的书，以前的小说界上仅有一部《红楼梦》。怎样的名贵啊！古语说得好："物希为贵"，但《红楼梦》正不以希有然后可贵。换言之，即不希有亦依然有可贵的地方。刻薄谩骂的文字,极易落笔,极易博一般读者的欢迎,但终究不能感动透过人的内心。刚读的时候,觉得痛快淋漓为之拍案叫绝。但翻过两三遍后,便索然意尽了无余味,再细细审玩一番,已成嚼蜡的滋味了。这因为作者当时感情浮动,握笔作文,发泄者多,含蓄者少,可以悦俗目,不可以当赏鉴。缠绵悱恻的文风恰与之相反,初看时觉似淡淡的,没有什么绝伦超群的地方,再看几遍渐渐有些意思了,越看得熟,便所得的趣味亦愈深永。所谓百读不厌的文章,大都有真挚的情感,深隐地含蓄着,非与作者有同心的人不能知其妙处所在。作者亦只预备藏之名山,或竟覆了酱缸,不深求世人的知遇。他并不是有所珍惜隐秘,只是世上一般浅人自己忽略了。

愤怒的文章容易发泄,哀思的呢,比较的容易含蓄,这是情调的差别不可避免的。但我并不说,发于愤怒的没有好文章,并且哀思与愤怒有时不可分的。但在比较上立论,含怒气的文字容易一览而尽,积哀思的可以渐渐引人入胜,所以风格上后者比前者要高一点。《水浒》与《红楼梦》的两作者,都是文艺上的天才,中间才性的优劣是很难说的;不过我们看《水浒》,在有许多地方觉得有些过火似的,看《红楼梦》虽不满人意的地方也有,却又较读《水浒》的不满少了些。换句话说,《红楼梦》的风格比较温厚,《水浒》则锋芒毕露了。这个区别并不在乎才性的短长,只在做书的动机的不同。

但这些抑扬的话头,或者是由于我的偏好也未可知。但从上文看来,有两件事实似乎已确定了的。(1)哀而不怒的风格,在旧小说中为《红楼梦》所独有。究竟这种风格可贵与否,却是另一问题;虽已如前段所说,但这是我的私见不敢强天下人来同我的好恶。(2)无论如何,谩骂刻毒的文字,风格定是卑下的。《水浒》骂则有之，却没有落到谩骂。至于落人这种恶道的，决不会有真好的文章，这是我深信不疑的。我们举一个实例讲罢。《儒林外史》与《广陵潮》是一派的小说。《儒林外史》未始不骂，骂得亦未始不凶，但究竟有多少含蓄的地方，有多少穿插反映的文字，所以能不失文学的价值。《广陵潮》则几乎无从不骂，无处不骂，且无人无处不骂得淋漓尽致一泄无余，可以喷饭，可以下酒，可以消闲，却不可以当他文学来赏鉴。我们如给一未经文学训练的读者这两部小说看，第一遍时没有不大赞《广陵潮》的，因为《儒林外史》没有这样的热闹有趣，到多看几遍之后，《儒林外史》就慢慢占优越的地位了。这是我曾试验过的。

《红楼梦》只有八十回真是大不幸，因为极精彩动人的地方都在后面半部。我们要领略哀思的风格，非纵读全书不可；但现在只好寄在我们的想象上，不但是作者的不幸，读者所感到的缺憾更为深切了。我因此想到高鹗补书的动机，确是《红楼梦》的知音，未可厚非的。他亦因为前八十回全是纷华靡丽文字，恐读者误认为诲淫教奢之书，如贾瑞正照"风月宝鉴"一般；所以续了四十回以昭传作者的原意。在程高《引言》上说："……实因残缺有年，一旦颠末毕具，大快人心，欣然题名，聊以纪成书之幸。"可知高君补书并非如后人乱续之比，确有想弥补缺憾的意思。但高鹗虽有正当的动机，续了四十回书，而几乎处处不能使人满意。我们现在仍只得以八十回自慰，对于后半部所知只是片段而已。

# 后三十回的红楼梦

　　我在《红楼梦辨》卷下有这一篇,现在因为改动太多,不得不重写。当一九二二年四月,我在杭州,因披阅有正书局印行的戚蓼生序本,想去参较它和高鹗本的异同得失,却无意中在这书评注里发现一种"佚本",所叙述的是八十回后情节,真是一种意外的喜悦,当时以为这是一种续书,不过比高鹗续得早了一些。忽忽过了二十多年,发现了两个脂砚斋评本,一个是胡适藏的十六回残本,一个是昔年徐星曙姻丈所藏,今归燕京大学的七十八回本(即八十回本缺了两回)。从这两书里,知道戚本的评注也是"脂评",所谓佚本乃是曹雪芹未完而迷失了的残稿,这可说是"意表之外"的喜悦了。

　　八十回书雪芹虽未整理得十分完全(见另文),但他的确写了后半部,所谓后三十回是也。这件事我在当初没有料到,误认原作为他人所续,但所辑有正本的评注至今日仍不失其重要,所以我把它拆散加入本文中,再稍加以补充。补充材料的来源即在上述两个脂评本中,跟戚本的评原是一回事。脂砚斋究系何人,疑莫能明。或以为雪芹的族兄弟,后来又以为即作者。或以为是书中的史湘云,鄙人未敢信以为然。在《红楼梦辨》里曾抄录"戚本脂评"数条,兹选存,以明批书人的身份。

八字便是作者一生惭恨。（第一回。脂甲戌本同,胡曰:"这样的话当然是作者自己说的。"）

盖作者自云,所历不过红楼一梦耳。（第五回。脂甲本"盖"上有"点题"二字。）

非作者为谁? 余曰,亦非作者,乃石头也。（同回。脂甲本作"余又曰"。又另外一人用墨笔批"石头即作者耳"。）

作者一生为此所误,批者一生亦为此所误。（第二十一回）

还有一条,可约略表示评书的年代。

余历梨园子弟广矣,各各皆然,亦曾与惯养梨园诸世家兄弟谈议及此,众皆知其事而皆不能言。今阅《石头记》载"原非本脚之戏执意不作"二语,便见其特能压众,乔酸姣妒,淋漓满纸矣。复至"情悟梨香院"一回更将和盘托出,与余三十年前目睹身亲之人现形于纸上,便言《石头记》之为书,情之至极,言之至确（脂庚作恰),然非领略过乃事,迷陷过乃情,即观此茫然嚼蜡,亦不知其神妙也。（第十八回。脂庚辰本同。）

这个人三十年前已曾养过梨园子弟,跟诸世家子弟议论此等事,起码已有二十岁左右。到了三十年后看了《石头记》再来评书,起码已有五十岁。但雪芹只活了四十岁。可见所谓脂砚斋大概与作者同时,辈分还早些。脂砚斋就是作者之说似未可信。

　　那所谓"三十年",脂甲脂庚本还有好几条,却不知是脂砚斋所题否。或者是"畸笏叟"罢。畸笏跟脂砚是否一人,亦不得而知。

　　　　树倒猢狲散之语全犹在耳,曲指三十五年矣,伤哉,宁不恸杀!(第三十回,脂甲本眉评。脂庚本朱笔眉评同,惟"全"字用墨笔点去,改作今。曲作屈。三十作卅。恸作痛。)
　　　　旧族后辈受此五病者颇多,余家更甚,三十年前事,见书于三十年后……(同回之末,脂甲本眉评。)
　　　　读五件事未完,余不禁失声大哭,三十年前作书人在何处耶。(同回之末,脂庚本眉评。)

　　这是一个人的口气。脂庚这一条乃雪芹死后所题。其他批语中每自称"老朽""朽物",脂甲本载删去秦可卿死事,有"命芹溪删去"之文,芹溪可以命令得,这儿又称人为后辈,可见他的辈行是很尊的。他曾看见作者的原稿,告诉我们后半部佚稿情形和许多事迹。

　　这后半部到底有多少回呢。在戚本第二十一回开首总评上有明文。脂庚本也有的,且多了一首怪诗,原应在二十一回前的,却附在二十回之后,这是装订的错误。兹改引脂庚本之文。因这怪诗也很有意思。

　　　　有客题《红楼梦》一律,失其姓氏,惟见其诗意骇警,故录于斯:
　　　　"自执金矛又执戈,自相戕戮自张罗。茜纱公子情无限,脂砚先生恨几多。是幻是真空历遍,闲风闲月枉吟哦。

情机转得情天破,情不情兮奈我何。"

　　凡是书题者,不可为此绝调,诗句警拔,且深知拟书底里,惜乎失石矣。(平按此文稍有脱误,以上戚本缺。)按此回(第二十一回)之文固妙,然未见后三十回(戚本作"后之三十回")犹不见此之妙。(脂庚本第二册末)

这是后半部一共三十回的明证,其他评中或称"后数十回"。这些都是不连八十回算的。连算的戚本也有一条。(不见于脂庚本,因脂庚本第一册一至十回并无脂评,疑是抄配的本子。)

　　以百回之大文, 先以此回作两大笔以冒之, 诚是大观。(第二回开首,总评。)

八十加三十,应是百十回,怎说一百回呢?说是举成数,也不见得对。这个问题,我在另一文中已解答了。因为回目有多少,分回有大小。作者初稿分回分得大,所以计划着一百回;后来分回较细,便成了百十回。所以这百十回事实等于一百回。列表以明之:

四十二回=初稿三十八回(脂庚本第四十二回总评),依比例推算之:

八十回=初稿约七十三回

三十回=初稿约二十七回

故订正本百十回=初稿百回(即三十八回当于百回三分之一而有余,语亦见第四十二回总评。)

这无烦申说了。作《红楼梦辨》时,尚未知这些事实,却说

"或者虽回目只有三十,而每回篇幅极长,也未可知",(下卷十二页[新印本一七四页])这总算被我蒙对了。

后部的回数已经明白,而且回目也已有了。《红楼梦辨》里《原本回目只有八十》标题虽错,但意思注重在今本后四十回之目非真,并不曾很错。现在我们知道了一些后三十回的回目,更可证明高本回目的捏造了,这犹之清儒引了真古文《尚书》的佚文来驳斥伪古文《尚书》。可惜剩得不多了,两句完全的只有一回,一句完全的只有一处。

　　一句完全的:"花袭人有始有终。"(脂庚本第二十回朱评)
　　一回完全的:"薛宝钗借词含讽谏,王熙凤知命强英雄。"(脂庚本戚本第二十一回总评)

不知标着第几回,不过"花袭人有始有终"应在"薛宝钗借词含讽谏"以前,因二十一回总评下文说"而袭人安在哉",可见宝钗讽谏宝玉,袭人已去了。

其他回目,零零碎碎还有三条:(1)狱神庙红玉茜雪一大回文字(脂庚本第二十六回畸笏叟墨笔眉批)。回目全文无考,但有"狱神庙"三字,因脂甲本第二十七回夹缝朱评说"狱神庙回内方见",可见"狱神庙"三字也是回目上有的。(2)记宝玉为僧,有"悬崖撒手"一回,这四个字当然是回目(脂庚本戚本第二十四回评)。原书到此已快完,却还非最后。(3)末回是"警幻情榜"(脂庚本第十七十八合回畸笏评)。

这儿要稍说明:作者当时写书次序很乱,有书的不一定有回目,现在八十回中还有这痕迹可证。同样,有回目不一定有书,即如"悬崖撒手"一回可能亦有目无书,所以畸笏叟说:"叹不能得见玉兄悬崖撒手文字为恨。"(脂庚本第二十五回眉评朱笔,署"丁亥夏",其时雪芹已死了四五年。脂甲本亦有此批,原文未见。)究竟是写了迷失呢,还是原本没写,事在两可之间。

至于佚文,评注中称引得极少,只有三条,真成吉光片羽了。

(1)"故袭人出嫁后云:'好歹留着麝月。'"(脂庚戚本第二十回评,详见下。)

(2)"落叶萧萧,寒烟漠漠。"(脂庚戚本第二十六回)"只见凤尾森森龙吟细细"下评曰"与后文落叶萧萧寒烟漠漠一对,可伤可叹"。

(3)"宝玉情不情,黛玉情情。"(脂庚戚本第十九回评引"情榜评",并详下。)

所叙情事,可考的比较多些,仍依旧作按贾氏宝玉十二钗的次第,分别说之。

(1)贾氏抄家后破败。

第二十七回脂庚本朱批:"此系未见抄没狱神庙诸事,故有是批。"

贾氏败落的原因很多,详《八十回后的红楼梦》一文中,但最大、最直接的原因是"抄没"。第二个原因便是自残,第七十四回,探春说"自杀自戕",又本篇前引怪客题诗云"自执金矛又执戈,自相戕戮自张罗",评者认为"深知拟书底里",尤其明显。其结果非常凄惨迥和高本不同,所以说:"从此放胆,必破家灭族不已,哀哉!"(戚本第四回评)"使此人(探春)不远去,将来事败,诸子孙不致流散也,悲哉,伤哉!"(脂庚戚本第二十二回评)因为这个原故,所以宝玉大约也被一度关在牢狱里,后来很贫穷。(宝玉狱神庙事,见下红玉茜雪条。)

（2）宝玉很贫穷。

第十九回脂庚本戚本评:"补明宝玉何等娇贵,以此一句(袭人见总无可吃之物)留与下部后数十回'寒冬噎酸齑,雪夜围破毡'等处对看。"

这和敦诚赠雪芹诗"满径蓬蒿老不华,举家食粥酒常赊"来对照,也很有趣味的。"寒冬"十字可能也是本书的佚文。

（3）宝玉做和尚。

第二十一回脂庚戚本评:"故后文方有'悬崖撒手'一回,若他人得宝钗之妻,麝月之婢,岂能弃而为僧哉。玉一生偏僻处。"①

宝玉为什么做和尚呢?在这上文说因有"情极之毒",但也不很明白。

同书同回评:"然宝玉有情极之毒,亦世人莫忍为者,看至后半部则洞明矣。"

我们看不到后半部,故无法洞明。"情极之毒,,即末回情榜所谓"情不情"也。

（4）这块玉也曾经丢了,后来不知怎样回来的。

脂甲本第八回,袭人摘下通灵玉来,用手帕包好塞在褥下,评曰:"交代清楚,塞玉一段又为'误窃'一回伏线。"

通灵玉的遗失,乃被误窃了去,跟今高本写得十分神秘不同。怎样回来的呢? 这可能有两说:(1)凤姐拾玉。(2)甄宝

---

① 周汝昌君近在《燕京学报》第三十七期发表一篇论文,以为宝钗嫁宝玉而早卒,湘云后嫁宝玉。(一四〇页)从这条脂评看来,此说甚误。周君所说,与所谓"旧时真本"合,亦足证明所谓"真本",并非作者原书。

玉送玉。我想凤姐拾玉，或者对些。在大观园失窃，怎么会到甄宝玉手里去呢？

脂庚本戚本第二十三回"刚至穿堂门前"句下评："这便是凤姐扫雪拾玉之处。"

同书第十八回《仙缘》戏目下评："伏甄宝玉送玉。"

今高本第一百十五回和尚来送通灵玉，这儿却改用甄宝玉送，想必也和宝玉出家有关，却不知是怎么一回事。

（5）黛玉泪尽夭卒。

脂庚本戚本第二十一回评："以及宝玉砸玉，颦儿之泪枯，种种孽障种种忧忿皆情之所陷，更何辩哉。"

同书第二十二回评："若能如此，将来泪尽夭亡已化乌有，世间亦无此一部《红楼梦》矣。"

一说泪枯，再说泪尽，又和宝玉砸玉作对文，可见在后半部有另一段大文章；而且说明黛玉之所以死，由于还泪而泪尽，似乎不和宝钗出闺成礼有何关连。我尝疑原本应是黛玉先死，宝钗后嫁。又钗黛两人的关系，不完全是敌对的，详下宝钗条。描写潇湘馆的凄凉光景，已见上引。

（6）宝钗嫁宝玉后有下列三件事：① 讽谏宝玉而宝玉不听，其时袭人已嫁。② 与宝玉谈旧事。③ 宝钗迫怀黛玉。

脂庚本戚本第二十一回总评："后回'薛宝钗借词含讽谏，王熙凤知命强英雄'。今日从二婢说起，后文则直指其主。然今日之袭人之宝玉，亦他日之袭人之宝玉也。……何今日之玉犹可箴，他日之玉已不可箴耶。……箴与谏无异也，而袭人安在哉，宁不悲乎！"

又曰："文是一样情理，景况光阴事却天壤矣。多少眼泪洒与此两回书中。"

第二十七回评："杜绝后文成其夫妇时，无可谈旧之情。"

脂庚本第四十二回总评："钗玉名虽二人，人却一身，此幻笔也。……故写是回使二人合而为一，请看黛玉逝后宝钗之文字，便知余言不谬也。"

这最后一条四十二回的总评，戚本是没有的，却特别重要。这对于读《红楼梦》的是个新观点。钗黛在二百年来成为情场著名的冤家，众口一词牢不可破，却不料作者要把两美合而为一，脂砚先生引后文作证，想必黛玉逝后，宝钗伤感得了不得。他说"便知余言之不谬"，可见确是作者之意。咱们当然没缘法看见这后半部，但即在前半部书中也未尝没有痕迹。第五回写一女子"其鲜妍妩媚有似宝钗，其袅娜风流则又如黛玉"。又警幻说："再将吾妹一人乳名兼美，字可卿者许配与汝。"这就是评书人两美合一之说的根据，也就是三美合一。

（7）湘云嫁卫若兰，卫也佩着金麒麟。

脂甲本第二十六回总评："前回倪二紫英湘莲玉菡四样侠文皆各得传真写照之笔。惜卫若兰射圃文字迷失无稿，叹叹！"(按：侠者豪侠之意。脂庚本亦有此文，却分作两段，墨笔眉批，两条下各署"丁亥夏畸笏叟"。)

脂庚戚本第三十一回起首总评："金玉姻缘已定，又写一金麒麟，是间色法也，何颦儿为其所惑？"

脂庚同回回末评："后数十回若兰在射圃所佩之麒麟，正此麒辚也。提纲伏于此回中，所谓草蛇灰线在千里之外。"这三条文字里，第一条告诉我们，卫若兰射圃文字也是"侠文"。豪侠之文对于描写闺阁本来是间色法。(此说据二十六回脂庚本另条眉批)作者也已经写了出来，只是迷失了。第二条说，金麒麟对于通灵玉金锁又是间色法。所谓间色法者就是配搭颜色而已,并非正文,"何颦儿为其所惑?""不料后来补《红楼》的要使宝湘结婚,皆为其所惑也。第三条写在回末,很可注意。戚本亦有,却写明"总评",其实不是的,看脂庚本是没头没脑附在回末的,此评专为湘云找着了宝玉的金麒麟而发,故曰"正此麒麟也",非总评甚明。我在《红楼梦辨》有一段话是对的。今略修节抄录之。

> 湘云夫名若兰,也是个金麒麟,即是宝玉所失湘云拾得的那个麒麟,在射圃里佩着。我揣想起来,似乎宝玉的麒麟,辗转到了若兰的手中,或者宝玉送他的,仿佛袭人的汗巾会到了蒋琪官的腰里。所以回目上说"因""伏",评语说"草蛇灰线在千里之外"。

现在只剩得这"白首双星"了,依然费解。湘云嫁后如何,今无可考。虽评中曾说"湘云为自爱所误",也不知作何解。既曰自误,何白首双星之有?湘云既入薄命司,结果总自己早卒或守寡之类。这是册文曲子里的预言,跟回目的文字冲突,不易解决。我宁认为这回目有语病,八十回的回目本来不尽妥善的。

(8)凤姐结局很凄惨,令人悲感。曾因"头发"事件,跟贾琏口角。

脂甲本戚本第五回"一从二令三人木"下注:"拆字法"。脂庚本戚本第十六回评:"回首时无怪乎其惨痛之态。"

同书第二十一回起首总评:"后回……'王熙凤知命强英雄'……但此日阿凤英气何如是也,他日之身微运蹇,亦何如是耶?人世之变迁,倏尔如此。"(此与宝钗谏宝玉连说,参看(6)宝钗项下所引两条。)

"拆字法"当然不懂,我看连高鹗也不懂,所以后四十回中毫未照应,评书人看见了原作后半,他当然懂了,所以说"拆字法"。我记得有一晚近的评本,猜作"冷来"二字,或者是的。但冷来亦不可解。"知命强英雄"很好的回目,也应该有很好的文章写出她末路的悲哀,所以令人洒泪也。《红楼梦辨》里以为琏凤夫妻决裂,凤姐被休弃返金陵,亦想当然耳,今不具论。此外更有"头发"事件。第二十一回,写贾琏密藏情人的头发被平儿发现了,她庇着贾琏瞒住凤姐,贾琏认为放在平儿手里,"终是祸患,不如我烧了他",便抢了过来。

脂庚本戚本第二十一回评:"妙。设使平儿收了,再不致泄漏,故仍用贾琏抢回,后文遗失,方能穿插过脉也。"

原来贾琏明说要烧,并不舍得烧,却收着,结果又丢了,被凤姐发现,想必夫妻因此大闹,或竟至于反目。

(9)探春远嫁,惜春为尼。

脂庚本戚本第二十二回灯谜,探春的是风筝,评曰:"此探春远适之谶也,使此人不远去,将来事败,诸子孙不至流散也。"她似乎一去不归的样子。

惜春的谜是海灯。同书同回评曰:"此惜春为尼之谶也,公府千金至缁衣乞食,宁不悲夫!"

所谓缁衣乞食可作比丘的词藻看。她是正式出家为尼,与册子上画的大庙正合。还有两条均见第七回,惜春跟水月庵的小姑子说话一段。

脂甲本朱评:"闲闲笔,却将后半部线索提动。"戚本评:"总是得空便入。百忙中又带出王夫人喜施舍事,一笔能令千百笔用。又伏后文。"

是惜春的结局,作者已有成书了。

（10）袭人在宝玉贫穷时出家前,嫁蒋玉函。他们夫妇还供奉宝玉宝钗,得同终始。

脂庚本戚本第二十回评:"故袭人出嫁后云'好歹留着麝月,一语,宝玉便依从此语,可见袭人虽去实未去也。"

同书第二十一回起首总评:"箴与谏无异也，而袭人安在哉,宁不悲乎！"

脂庚本第二十回眉批朱笔:"袭人正文标昌 (疑明字或曰字之误)花袭人有始有终。"

脂甲本戚本第二十八回总评:"茜香罗红麝串写于一回,盖琪官(脂甲作棋)虽系优人,后回与袭人供奉玉兄宝卿得同终始,非泛泛之文也。"

看这四条袭人大约得了宝玉的许可,嫁给蒋玉函的,出嫁以后仍和宝玉宝钗来往,所以回目说她"有始有终",评注说她"得同终始";这又和传统的红学评家观念绝对相反的。即我在前书里亦深责袭人,不很赞成像这样的写法。现在知道,这是我们的一种偏见而已。不过却有一层,本篇为后半部辑佚,材料悉本"脂评",而脂评与作者之意,中间是否仍有若干距离？评者话虽如此,作者仍可能有微词含蓄不露而被忽略了,亦未可知。因为在八十回中作者对袭人一向褒贬互用,难道到了后三十回叙她嫁琪官,便一味的褒吗？按之情理殆有不然。我们固应当重视"脂评",但若径以它代作者之意,亦未免失之过于重视了。

（11）麝月始终跟着宝玉,直到他出家。这有两条评注:一条在第二十一回,已见本文（3）"宝玉做和尚"项下引;另一条即前引袭人说"好歹留着麝月"的上文,兹引如下:

脂庚本戚本第二十回评：“闲闲一段儿女口舌，却写麝月一人。袭人出嫁之后，宝玉宝钗身边还有一人，虽不及袭人周到，亦可免微嫌小弊等患，方不负宝钗之为人也。”

这当然合于第六十三回"开到荼蘼花事了"的暗示的。揣袭人"好歹留着麝月"一语的口气，大约宝玉要把所有丫环一起遣去，袭人麝月一并在内，袭人不得已自去，又不放心宝玉，故说留下麝月也。

（12）红玉(即小红)茜雪在狱神庙慰宝玉。这段故事很重要，在今本后四十回是毫无影响的，在残稿里却有一大回书。未引证以前，先得谈谈茜雪。这个人在后文出现，成为一个重要角色，是非常奇怪的。因为在八十回里，茜雪已被撵了，事见第八回、第十九回、第二十回、第四十六回。第八回宝玉喝醉了摔茶钟，为大家所习知。今引十九、二十、四十六回之文以明茜雪的确已去了。

李嬷嬷道："你也不必装狐媚子哄我，打量上次为茶撵茜雪的事我不知道呢。"（第十九回）

李嬷嬷见他二人来了便诉委屈，将前日吃茶茜雪出去和昨日酥酪等事，唠唠叨叨说个不了。（第二十回）

鸳鸯红了脸向平儿冷笑道："这是咱们好。比如袭人琥珀素云和紫鹃彩霞玉钏儿麝月翠墨，跟了史姑娘去的翠缕，死了的可人和金钏儿，去了的茜雪……"（第四十六回）

可见茜雪之去，远在宝玉诸人移居大观园以前，怎么在后三十回里又大显身手呢?莫非又把她叫了回来吗?还是她自动回来呢?这总是奇怪的。评书人当然知道,所以这样说:"茜雪在狱神庙方呈正文。"(脂庚本第二十回)大概这是作者有意的安排,暂隐于前,活跃于后;换句话说,在第八回里所以要撵茜雪,正为将来出场的张本,眼光直注到结尾,真所谓"草蛇灰线在千里之外"了。以下更引脂评又关于红玉的三条。

　　　　脂甲本第二十七回总评:"且红玉后有宝玉大得力处,此于千里外伏线也。"
　　　　同书第二十六回朱评:"狱神庙红玉茜雪一大回文字惜迷失无稿。"
　　　　同书第二十七回叙红玉愿跟凤姐去,夹缝朱评:"且系本心本意,狱神庙回内方见。"

　　所谓于宝玉有大得力处即狱神庙也。看这第三条似乎狱神庙事并牵连凤姐,她亦曾得红玉之力。脂庚本评更有自己打架的两条:
　　　　脂庚本第二十七回眉评朱笔:"奸邪婢,岂是怡红应答者,故即逐之,前良儿,后篆儿,便是却(确之误)证,作者又不得可也。己卯(一七五九)冬夜。"
　　　　同前:"此系未见抄没狱神庙诸事故有是批。丁亥(一七六七)夏畸笏叟。"

　　相隔有十二年之久,殆系一人所批,而前后所见不同。红玉也是早先离开怡红院,后来大得其力,和茜雪的生平正相类,作者的章法固如此。评书人最初亦不解,必俟看了后文始恍然耳,在此又将抄没跟狱神庙连文,可见抄没以后,贾氏诸人关进监牢,宝玉凤姐都在内。其时奴仆星散,却有昔年被逐之丫环犹知慰主,文情凄婉可想而知。("慰宝玉"明文在脂庚本二十回,见下引。)

(13)末回情榜备载正副十二钗名字共六十人,却以宝玉领首。每个名字下大约均有考语,现在只宝玉黛玉的评语可知。

脂庚本第十七十八合回初叙妙玉下有长注,眉评朱笔:"树(误字)处引十二钗总未的确,皆系漫拟也。至末回警幻情榜方知'正''副''再副'及'三''四副'芳讳。壬午季春畸笏。"

有人说:"壬午季春雪芹尚生存。他所拟的末回有警幻的情榜。这个结局大似《水浒传》的石碣,又似《儒林外史》的幽榜。这回迷失了,似乎于原书价值无大损失。"(《跋脂庚本》)我的意见和他不很相同,如此固落套,不如此亦结束不住这部大书;所以这回的迷失,依然是个大损失呵。

十二钗的"正""副""再""三""四",共计六十人。正册早有明文不成问题,副册以下,问题很多,值得注意的即上文所谓那段长注,兹节抄如左:

> 脂庚本(戚本)第十七十八合回注:"……后宝琴岫烟李纹李绮皆陪客也,《红楼梦》中所谓副十二钗是也。又有又副册三断词乃晴雯袭人香菱三人而已,余未多及,想为金钏玉钏鸳鸯茜雪(脂庚原作苗云,两字均系抄写形误,戚本作素云乃后人不解妄改,以致大误。)平儿等人无疑矣。观者不待言可知,故不必多费笔墨。"

这儿提出一个很重要的事情,原来香菱不在副册,却在又副册里。我以为这个分法是对的,其理由在此且不能详说。那么,第五回宝玉看香菱的册子是怎样叙述的呢?这问题是必须回答的。兹引程甲本戚本脂庚本之文,(脂甲本不在,不能检查)在宝玉看了又副册晴雯袭人以后。

> 宝玉看了不解,遂掷下这个,去开了副册橱门,拿起一本册来,揭开看时,(程甲本)

从这书看,香菱在副册上甚明,但再看下引:

> 宝玉看了不解,遂掷下这个,又去开了一副册橱门,拿起一本册来,揭开看时,(戚本)
> 宝玉看了不解,遂掷下这个,又去开了副册,拿起一本册来,揭开看时,(脂庚本)

脂庚本有脱落,如“橱门”两字是不能少的,而“副册”上又落了一个很重要的字。戚本最好。“一”字虽系误字,但却保存了“副册”上还有一个字的痕迹,如把这“一”字校改成“又”字,便完全对了。程伟元高鹗不解此事,或者看了钞本作“一副册”而不可解,便删去“一”字,又或者他所据本根本没有这“一”字,如今脂庚本;他们以为宝玉先开又副橱门,后开副册橱门,即无所谓“又”,于是把“又去开了”的“又”字一并删去;香菱从此安安稳稳归入副册,而且高居第一位,实在她是又副册里第三名呵。这段公案现在总算明白了,却因此未免多费笔墨哩。“情榜”既不可见,上引脂本的评注,因评书人既亲见这榜,自然不会错的。

"情榜"六十名都是女子,却以宝玉领头,似乎也很奇怪,第十七回起首戚本总评,"宝玉为诸艳之冠"是也。(脂庚本作贯。)而且各人都有评语。现在剩得宝黛的两个了。观下引文,知宝玉列名情榜为无可疑者。

> 脂庚本戚本第十九回评:"后观情榜评曰'宝玉情不情,黛玉情情',此二评自在评痴之上,亦属囫囵不解,妙甚。"
>
> 同书第三十一回总评:"撕扇子是以不知情之物,供娇嗔不知情时之人一笑,所谓情不情。金玉姻缘已定,又写金麒麟,是间色法也,何颦儿为其所惑?故颦儿谓情情。"

别处还偶然说到,今不具引,最重要的只这两条。情榜评得真很特别,自非作者不能为也。

上举凡十三项,我们现今所知后三十回的情形,大概不过如此,真所谓"存什一于千百",此外便都消沉了。当时究竟写了多少,写成怎样一个光景也很难说。回目确是有的,是否三十回都有回目呢?假如都有,便是结构完全了;假如不都有,便还只有片段。揣其情理,既曰"后三十回",似目录已全,不然评书人怎么知道这个数目字呢?不过话也难定,也许作者口头表示过,我还有三十回书如何如何。这总之都是空想。至于本文如何,更不好决定了。我想没有完全写出,至少没有完全整理好。这个揣想不会大错。因若果有成书,便可和八十回先后流传,或竟合成一部付诸抄写,不会有亡佚之恨了。即在前半部

无才可去补苍天，
枉入红尘若许年。
此系身前身后事，
倩谁记去作奇传？

中且尚有未完文字，如第二十二回畸笏叟即叹其未成而芹逝矣，岂但悬崖撒手文字不能得见已也。所以本书的未完，不成问题，不过已完成的确也不太少，东鳞西爪有好几大段，不幸中之不幸，一起迷失了。

评文屡称"迷失"，这儿我又来这一套"迷失迷失"，究竟怎样会迷失了呢？我想，在读者是必有的问题。我引脂庚本朱批一段，有一部分上已分引，因为重要，不避重复再引之。

脂庚本第二十回眉评："茜雪在狱神庙方呈正文。袭人正文标目'花袭人有始有终'。余只见有一次誊清时，与狱神庙慰宝玉等五六稿，被阅者迷失，叹叹！丁亥夏畸笏叟。"看这段批评，我所提出两个问题都已解答了。原来雪芹生前，后三十回书有五六段的誊清稿子(可能这五六稿并连接不起来)，却被一个人借看轻轻把它丢了。这位先生眼福真奇绝，却无端成为千古罪人！

这样丛残零星的稿子，因雪芹死的时候景况非常萧条，所以很快地就散失了。到高鹗续书时(一七九一)不到三十年，残迹全消，即后回之目录也不见人提起，所以程高二子才敢漫天撒谎，说什么"原本目录一百二十卷"；在故纸堆中找到二十余卷，又在鼓儿担上凑足了十余卷，非但狗尾续貂，而且鱼目混珠自夸自赞；虽然清代也有几人点破这个(如张问陶诗)，可是大家总不大去理会，只囫囵地读了下去，评家又竭力赞美这后四十回，光阴易过，不觉一混就一百多年，直到今日接连发现了几个脂砚斋评本，方始把这公案全翻了过来。我这文虽然写得很不完全，却也把有些零星的材料汇合整理一番，使读者了解作者的意思比较容易一些；能够这样，在我又是意外的喜悦了。

# 作者的态度

大家都喜欢看《红楼梦》，更喜欢谈《红楼梦》，但本书的意趣，却因此隐晦了近二百年，这是一件很不幸的事情。其实作书的意趣态度，在本书开卷两回中已写得很不含糊，只苦于读者不肯理会罢了。历来"红学家"这样懵懂，表面看来似乎有点奇怪；仔细分析起来，有两种观察，可以说明迷误的起源。

第一类"红学家"是猜谜派。他们大半预先存了一个主观上的偏见，然后把本书上的事迹牵强附会上去，他们的结果，是出了许多索隐，这派"红学家"有许多有学问名望的人，以现在我们的眼光看去，他们很不该发这些可笑的议论。但事实上偏闹了笑话。

为什么呢？这其中有两个原故：（1）他们有点好奇，以为那些平淡老实的话，决不配来解释《红楼梦》的。（2）他们的偏见实在太深了，所以看不见这书的本来面目，只是颜色眼镜中的《红楼梦》。从第一因，他们宁可相信极不可靠的传说，(如董小宛明珠之类)而不屑一视作者的自述，真成了所谓"目能见千里之外，而不能自见其眉睫"了。从第二因，于是有把自己的意趣投射到作者身上去。如蔡孑民先生他自己抱民族主义，而强谓《红楼梦》作者持民族主义甚挚，书中本事在吊明之亡，揭清之失等等。(《石头记索隐》)作者究竟有无这层意思，其实很不可知。总之，求深反惑，是这派"红学家"的通病。

第二类"红学家"我们叫他消闲派。他们读《红楼梦》的方法，那更可笑了。他们本没有领略文学的兴趣，所以把《红楼梦》只当作闲书读，对于作者的原意如何，只是不求甚解的。他们的态度，不是赏鉴，不是研究，只是借此消闲罢了。这些人原不足深论，不过有一点态度却是大背作者的原意。他们心目中只有贾氏家世的如何华贵，排场的如何阔绰，大观园风月的如何繁盛，于是恨不得自己变了贾宝玉，把十二钗做他妻妾才好。这种穷措大的眼光，自然不值一笑；不过他们却不安分，偏要做《红楼梦》的九品人表，哪个应褒，哪个应贬，信口雌黄，毫无是处，并且以这些阿其所好的论调，强拉作者来做他的同志。久而久之，大家仿佛觉得作者原意也的确是如此的；其实他们多半随便说说罢了。

这两段题外的文章，却很可以帮助我们了解《红楼梦》作者的真态度，可以排除许多迷惑，不至于蹈前人的覆辙。我们现在先要讲作者做书的态度。

要说作者的态度，很不容易。我以为至少有两条可靠的途径可以推求：第一，是从作者自己在书中所说的话，来推测他做书时的态度。这是最可信的，因为除了他自己以外，没有一个人能完全了解他的意思的。雪芹自序的话，我们再不信，那么还有什么较可信的证据？所以依这条途径走去，我自信不至于迷路的。第二，是从作者所处的环境和他一生的历史，拿来印证我们所揣测的话。现在不幸得很，关于雪芹的事迹，我们知道的很少；但就所知的一点点，已足拿来印证推校我们从本书所得的结果。我下面的推测都以这两点做根据的，自以为虽不能尽作者的原意，却不至于大谬的。

《红楼梦》的第一第二两回,是本书的引子,是读全书关键。从这里边看来,作者的态度是很明显的。他差不多自己都说完了,不用我们再添上费话。

（1）《红楼梦》是感叹自己身世的,雪芹为人是很孤傲自负的,看他的一生历史和书中宝玉的性格,便可知道;并且还穷愁潦倒了一生。所以在本书引子里说道:

> "风尘碌碌,一事无成。"
>
> "当此日……以致今日,一技无成,半生潦倒之罪,编述一集以告天下。"
>
> 那娲皇只用了三万六千五百块,单单剩下一块未用,弃在青埂峰下。谁知此石自经煅炼之后,灵性已通……因见众石俱得补天,独自己无才不得入选,遂自怨自愧,日夜悲哀。
>
> 无才可去补苍天,枉入红尘若许年。此系身前身后事,倩谁记去作奇传?
>
> "石兄,你这段故事,据你自己说来有些趣味,故编写在此。"
>
> 身后有余忘缩手,眼前无路想回头。
>
> "其中想必有个翻过斤斗来的,也未可知。"（以上引文,皆见《红楼梦》第一第二两回。）

从这些话看来,可以说是明白极了。石头自怨一段,把雪芹怀才不遇的悲愤,完全写出。第二回贾雨村论宝玉一段,亦是自负。书中凡贬宝玉只是牢骚话头,不可认为实话。如第三回《西江月》一词,似骂似赞,痛快之极。一则曰,"行为偏僻性乖张,哪管世人诽谤?"二则曰,"天下无能第一,古今不肖无双。"世人诽谤可以不顾,正足见雪芹特立独行,翛然物外。无能不肖,虽是近于骂,而第一无双,则竟是赞。凡书中说宝玉处,莫不如此,足见雪芹自命之高,感愤之深,所以《红楼梦》一书,如箭在弦上,不得不发。名《石头记》,自然以宝玉为主体,所以一切叙述情事,皆只是画工的后衬,戏台上的背景,并不占最重要的位置。世人读《红楼梦》记得一个大观园,真是"买椟还珠"啊!

(2)《红楼梦》是情场忏悔而作的。雪芹的原意或者是要叫宝玉出家的,不过总在穷途潦倒之后,与高鹗续作稍有点不同。这层意思,也很明显,可以从《红楼梦》一名《情僧录》看出。所以原书上说:

"知我之负罪固多。"

"更于书中间用梦幻等字,都是此书本旨,兼寓提醒阅者之意。"

空空道人遂因空见色,由色生情,传情入色,自色悟空;遂改名情僧,改《石头记》为《情僧录》。东鲁孔梅溪题曰《风月宝鉴》。(见第一回)

警幻说:"……或冀将来一悟,未可知也。"

"快休前进,作速回头要紧!"(均见第五回)

书中类此等甚多,此处不过举几个例子来证实这层揣想罢了。

照高鹗补的四十回看,宝玉亦是因情场忏悔而出家的。宝玉之走,即由于黛玉之死,这是极平常的套话。依我悬想,宝玉的出家,虽是忏悔情孽,却不仅由于失意、忏悔的缘故,我想或由于往日欢情悉已变灭,穷愁孤苦,不可自聊,所以到年近半百,才出了家。书中甄士隐,智通寺老僧,皆是宝玉的影子。这些虽大半是我的空想,但在书中也不无暗示。十二钗曲名《红楼梦》,现即以之名《石头记》。《红楼梦曲》《引子》上说:"奈何天,伤怀日,寂寥时,试遣愚衷;因此上演出这悲金悼玉的红楼梦。"《飞鸟各投林》曲末尾说:"好一似食尽鸟投林,落了片白茫茫大地真干净。"(第五回)秦氏说:"三春去后诸芳尽,各自须寻各自门。"(第十三回)从此等地方看来,似十二钗的结局,皆为宝玉所及见的。所以开宗明义第一回就说:"曾历过一番梦幻之后",又说:"忽念及当日所有之女子"。既曰曾历过梦幻,则现在是梦醒了;既曰当日所有,则此日无有又可知。总之,宝玉出家既在中年以后,又非专为一人一事而如此的。颉刚以为甄士隐是贾宝玉的晚年影子,这层设想,我极相信。宝玉的末路尽在下边所引这几句话写出:

　　士隐乃读书之人,不惯生理、稼穑等事,勉强支持一二年,越发穷了。……士隐……急忿怨痛,已有积伤,暮年之人,贫病交攻,竟渐渐的露出那下世的光景来。(第一回)

从这里看去,宝玉出家除情悔以外,还有生活上的逼迫,做这件事情的动机。雪芹的晚年,亦是穷得不堪的,更可以拿来做说明了。如敦诚赠诗,有"环堵蓬蒿屯"之句,有"举家食粥酒常赊"之句,虽文人之笔不免浮夸,然说举家食粥,则雪芹之穷亦可知。在本书上说宝玉后来落于穷困也屡见:

　　蓬牖、茅椽,绳床、瓦灶……

陋室空堂,当年笏满床;衰草枯杨,曾为歌舞场;蛛丝儿结满雕梁,绿纱今又糊在蓬窗上。……

金满箱,银满箱,转眼乞丐人皆谤。(见第一回)

贫穷难耐凄凉。(见第三回《西江月》宝玉赞)

高鹗以为宝玉仿佛成了仙佛去了;但雪芹心中的宝玉,每每是他自己的影子,是极飘零憔悴的苦况的。必如此,红楼方成一梦,而文字方极其摇荡感慨之致。

(3)《红楼梦》是为十二钗作本传的。除掉上边所说感慨身世忏悔情孽这两点以外,书中最主要的人物,就是十二钗了。在这一方面,《水浒》和《红楼梦》有相同的目的。大家都知道,《水浒》作者要描写出他心目中一百零八个好汉来。但《红楼梦》作者的意思,亦复如此,他亦想把他念念不忘的十二钗,充分在书中表现出来。这层意思虽很浅显,而自来读《红楼梦》的人都忽略了,闹出许多可惜的误会。为什么知道雪芹是要为十二钗作传呢? 这亦是从他自己的话得来的,我引几条如下:

"但书中所记何事何人? ……忽念及当日所有之女子,一一细考较去,觉其行止识见皆在我之上,我堂堂须眉,诚不若彼裙钗。"

"知我之负罪固多;然闺阁中历历有人。万不可因我之不肖自护己短,一并使其泯灭也。"

"我虽不学无文,又何妨用假语村言敷衍出来,亦可使闺阁昭传。……"

"其中只不过几个异样女子,或情,或痴,或小才微善;……"

> "……竟不如我半世亲见亲闻的这几个女子……但观其事迹原委,亦可消愁破闷。"
>
> 后因曹雪芹于悼红轩中……又题曰《金陵十二钗》。(均见第一回)

这竟是极清楚的话,无须我再添什么了。既认定雪芹意思是要使闺阁昭传;那么,有许多"红学家"简直是作者的罪人了。他们每每说,这里边的女子没有一个好的。其实这未免深文周内。就是在第六十六回柳湘莲说:

> "你们东府里除了两个石头狮子干净,只怕连猫儿狗儿都不干净。"

但这说的是宁国府,也并没有说大观园里的人个个不干净啊。

还有一种很流行的观念,他们以为《红楼梦》是一部变相的《春秋经》,以为处处都有褒贬。最普通的信念,是右黛而左钗。因此凡他们以为是宝钗一党的人——如袭人凤姐王夫人之类——作者都痛恨不置的。作者和他们一唱一和,真是好看煞人。但雪芹先生恐怕不肯承认罢。

我先以原文证此说之谬,然后再推求他们所以致谬的原因。作者在《红楼梦曲》《引子》上说:

> "悲金悼玉的红楼梦。"

是曲既为十二钗而作,则金是钗玉是黛,很无可疑的。悲悼犹我们说惋惜,既曰惋惜,当然与痛骂有些不同罢。这是雪芹不肯痛骂宝钗的一个铁证。且书中钗黛每每并提，若两峰对峙双水分流，各极其妙莫能相下，必如此方极情场之盛，必如此方尽文章之妙。若宝钗稀糟，黛玉又岂有身份之可言。与事实既不符，与文情亦不合，雪芹何所取而非如此做不可呢？雪芹仿佛会先知的，所以他自己先声明一下，对于上述两种误会，作一个正式的抗辩。他在第一回里说：

> "况且那野史中，或讪谤君相，或贬人妻女，奸淫凶恶，不可胜数；更有一种风月笔墨，其淫秽污臭，最易坏人子弟。……在作者不过要写出自己的两首情诗艳赋来，故假捏出男女二人名姓，又必旁添一小人拨乱其间，如戏中小丑一般。"

第一句话是驳第一派的，第二句话是驳第二派的，试想雪芹若不是个疯子，他怎会自己骂自己呢？依第一派，大观园里没有一个好人，这明明是"讪谤君相贬人妻女"了。依第二派说，宝黛好事被人离阻，这又明明是"假捏出男女二人，一小人拨乱其间"了。

这两派的谬处已断定了。现在分析致谬的原因：第一派所以如此，因为他们解释《红楼梦》的本事弄错了。《红楼梦》是按自己的事体情理做的，他们却以为《红楼梦》是说的人家的事情。《红楼梦》有自传的性质，以前人说的很少。(有却也是有的，不过大家都不相信注意。如江顺怡做的《读红楼梦杂记》，就说《红楼梦》所记之事，皆作者自道其生平。)他们未读《红楼梦》以前，先有一部《金瓶梅》做底子，《金瓶梅》跟《红楼梦》虽有关连，两书立意不同，拿读《金瓶梅》的眼光来读《红楼梦》，难免发生错误。既以为是人家的事情,贬斥讪谤,自然是或有的。但若知道这是他自己的事情,即便有这类的事,亦很应该"胳膊折了往袖子里藏"啊。(《红楼梦》于秦氏多微词,即是为此。)

第二派的致谬的原因有两层:( 1 ) 他们最初是上了高鹗续作的当了。第一个说后四十回是高君补的, 是清人张问陶(字船山,见于他的诗跟诗注,在我曾祖曲园先生《小浮梅闲话》曾引过他,但那时候不大有人注意到)。他们那时候,自然相信《红楼梦》是百二十回的。从后四十回看宝钗袭人凤姐都是极阴毒并且讨厌的;读者既不能分别读去,当然要发生嫌恶宝钗一派人的情感。其实后四十回与《红楼梦》作者很不相干,单读八十回本的《红楼梦》,我敢断言右黛左钗的感情,决不会这样热烈的。( 2 ) 既然向失意者——黛玉——表同情,既然对于"钗党"有先入的恶感;这颜色眼镜已经戴上了,如何再能发现作者的态度。感情这类状态,从主观上投射到客观方面,是很容易的。自己这般说,不知不觉的擅定作者也这般说。于是凡他所喜欢的人,作者定是要褒的;他所痛恨的,作者定是要贬的。这并非作者之意,不过读者的偏见罢了。

作者做书的三层意思, 我这几段芜杂的文字里已大致表现清楚了。作者的真态度虽不能备知,却也可以窥测一部分,那些陈袭的误会也解释了许多。在下篇更要转入另外一面,就是从这种态度发生的文章风格如何的问题。

# 论秦可卿之死

十二钗的结局，八十回中都没有写到，已有上篇这样的揣测。独秦氏死于第十三回，尚在八十回之上半部，所以不能加入篇中去说明。她的结局既被作者明白地写出，似乎没有再申说的必要。但本书写秦氏之死，最为隐曲，最可疑惑，须得细细解析一下方才明白；若没有这层解析工夫，第十三至第十五这三回书便很不容易读。因为有这个需要，所以我把这题列为专篇，作为前文的附录。

这个题目，我曾和颉刚①详细论过。现在把几次来往的信札，择有关系的录出，使读者一览了然。问答本是议论文的一种体裁，我们既有很好的实际问答，便无须改头换面，反增添许多麻烦。平常的论文总是平铺实叙的，问答体是反复追求的，最便于充分表现全部的意想。所以我写这篇文的方法，虽然是躲懒，却也并非全无意义的。

我对于秦可卿之死本有意见，凭空却想不起去作有系统的讨论。恰好颉刚于一九二一年六月二十四日来信，对于此事

---

①　指顾颉刚（1893—1980），中国现代著名历史学家、民俗学家，古史辨学派创始人。

表示很深的疑惑。他说：

> 　　《晶报》上《红楼佚话》，说有人见书中的焙茗，据他
> 说，秦可卿是与贾珍私通，被婢撞见，羞愤自缢死的。我当
> 时以为是想象的话，日前看册子，始知此说有因。册子上
> 画一座高楼，上有美人悬梁自尽，其判云："情天情海幻情
> 身……"历来评者也都不能解说，只说："第十一幅是秦
> 氏，鸳鸯其替身也。"（护花主人评）又说："词是秦氏，画是
> 鸳鸯，此幅不解其命意之所在。"（眉批）然鸳鸯自缢，是出
> 于高鹗的续作。高鹗所以写鸳鸯寻死时，秦氏作缢鬼状领
> 导上吊的缘故，正是要圆满册子上的一诗一画。后来的人
> 读了高氏续作，便说此幅是二人拼合而成。其实册子以
> "又副"属婢，"副"属妾，"正"属小姐奶奶，是很明白的，鸳
> 鸯决不会入正册。（平按：又副属婢妾；至于副属妾却不确，
> 书中不甚重要的女子，如李纹李绮宝琴都应入此册中。）若
> 说可卿果是自缢的罢，原文中写可卿的死状，又最是明白。
> 作者若要点明此事，何必把他的病症这等详写？这真是一
> 桩疑案。

他这怀疑的态度，却大可以启发我讨论这问题的兴趣。我在同
月三十日复他一信上面说：

> 　　从册子看，可卿确是自缢，毫无疑义。我最初看《红楼
> 梦》也中了批语的毒，相信是秦鸳二人合册。后来在欧游
> 途中，友人说，就是秦氏，何关鸳鸯。我才因此恍然大悟，
> 自悔其谬。这段趣事想你尚不知道。高鹗所以写鸳鸯缢死

由秦氏引导的缘故，即因为他看原文太晦了，所以更明点一下，提醒读者，知可卿确是吊死而非病死。即因此可以知道兰墅所见之本，亦是与我们所看一样。我们觉得疑暗的地方，高君也正如此。我现在可以断定秦氏确是缢死。至于你的疑惑，我试试去解说：

（一）本书写可卿之死，并不定是病死。她虽有病，但不必死于病。这是最宜注意。秦氏之死不由于病，有数据焉。

　　（甲）死时在夜分，且但从荣府中闻丧写起，未有一笔明写死者如何光景，如何死法？可疑一。

　　（乙）第十三回说："彼时合家皆知，无不纳闷，都有些疑心。"下夹注云："久病之人，后事已备，其死乃在意中，有何闷可纳？又有何疑？一本作'都有些伤心'，非是。"此段夹注颇为精当，"纳闷""疑心"皆是线索。现新本（亚东本）却作"伤心"。我家本有一部《金玉缘》本的书，我记得是作"疑心"，今天要写这信时，查那本时正作"疑心"。要晓得"有些疑心"正与"纳闷"成文；若说"有些伤心"，不但文理不贯，且下文说"莫不悲号痛哭"，而此曰"有些伤心"，岂非驴唇不对马嘴？此等文章岂复成为文理？真所谓"失之毫厘谬以千里。"

　　（丙）第十回张先生说："今年一冬是不相干的，过了春分便可望痊愈了。"第十一回秦氏说："好不好，春天就知道了。"而现在可卿却又早过了春夏，直到又一年的晚冬才死，可见她的死根本与病无关。

细写病情乃是作者故弄狡狯耳。①

（丁）秦氏死后种种光景，皆可取作她自缢而死的旁证。今姑略举数事：

（1）"宝玉听秦氏死，只觉心中似戳了一刀，不觉哇的一声，直喷出一口血来。"若秦氏久病待死，宝玉应当渐渐伤心，决不至于急火攻心，骤然吐血。宝玉所以如此，正因秦氏暴死，惊哀疑三者兼之：惊因于骤死，哀缘于情重，疑则疑其死之故，或缘与己合而毕其命。故一则曰"心中似戳了一刀"，二则曰"哇的一声"，三则曰"痛哭一番"。此等写法，似隐而亦显。（同回写凤姐听到消息，吓的一身冷汗，出了一回神，亦是一种暗写法。）

（2）写贾珍之哀毁逾恒，如丧考妣，又写贾珍备办丧礼之隆重奢华，皆是冷笔峭笔侧笔，非同他小说喜铺排热闹比也。贾珍如此，宝玉如此，秦氏之为人可知，而其致死之因与其死法亦可知。（有人说，《红楼梦》写那扶着拐杖的贾珍，简直是个杖期夫。此言亦颇有趣。）

（3）秦氏死时，尤氏正犯胃痛旧症睡在床上，是

----

① 书中叙可卿之病，之死，中间夹了贾瑞一段事。第十二回说：贾瑞的病"不上一年都添全了"，是贾瑞病了将近一年。又说，"倏又腊尽春回，这病更加沉重"，是到了次年的春天(秦氏生病第三年)。回末叙林如海的病，说"谁知这年冬底"，第十三回开始即叙可卿之死。是可卿之死在冬春之交，距书中说她的病实有了两个足年还多。这叙述原非常奇怪的，但可以明白秦氏之死与病无关。原信这一节文字亦略有修订。

一线索。似可卿未死之前或方死之后，贾珍与尤氏必有口角勃谿之事。且前数回写尤氏甚爱可卿，而此回可卿死后独无一笔写尤氏之悲伤，专描摹贾珍一人，则其间必有秘事焉，特故意隐而不发，使吾人纳闷耳。

（4）我从你来信引《红楼佚话》的说话，在本书寻着一个大线索，而愈了然于秦氏决不得其死。第十三回（前所引的话都见于此回）有一段最奇怪而又不通的文章，我平常看来看去，不知命意所在，只觉其可怪可笑而已。到今天才恍然有悟。今全引如下：

"忽又听见秦氏之丫环，名唤瑞珠的，见秦氏死了，也触柱而亡。此事可罕，合族都称叹。（夹注云，称叹绝倒。）贾珍遂以孙女之礼殡殓之，一并停灵于会芳园之登仙阁。又有小丫环名宝珠的，因秦氏无出，愿为义女……贾珍甚喜……从此皆呼宝珠为小姐。"

这段文字怪便怪到极处，不通也不通到极处。但现在考较去，实是细密深刻到极处。从前人说《春秋》是断烂朝报，因为不知《春秋》笔削之故。《红楼梦》若一眼看去，何尝有些地方不是断而且烂。所以《红楼梦》的叙事法，亦为读是书之锁钥，特凭空悬揣，颇难得其条贯耳。

《红楼佚话》上说："秦可卿与贾珍私通，被婢撞见，羞愤自缢死的。"此话甚确。何以确？由本书证之。所谓婢者，即是宝珠和瑞珠两个人。瑞珠之死想因是闯了大祸，恐不得了，故触柱而死。且原文云"也触柱而亡"，似上文若有人曾触柱而亡者然，此真怪事。其实悬梁触柱皆不得其死，故曰"也"也。宝珠似亦是闯祸之人，特她没死，故愿为可卿义女，以明其心迹，以取媚求容于贾珍；珍本怀鬼胎，惧其泄言而露丑，故因而奖许之，使人呼之曰小姐云尔。且下文凡写宝珠之事莫不与此相通。第十四回说，"宝珠自行未嫁女之礼，引丧驾灵，十分哀苦。"第十五回说，"宝珠执意不肯回家，贾珍只得另派妇女相伴。"按上文绝无宝珠与秦氏主仆如何相得，何以可卿死而宝珠十分哀苦？一可怪也。贾氏名门大族，即秦氏无出，何可以婢为义女？宝珠何得而请之；贾珍又何爱于此，何乐于此，而遽行许之？勉强许之已不通，乃曰"甚喜"，何喜之有？二可怪也。秦氏停灵于寺，即令宝珠为其亲女，亦卒哭而返为已足，何以执意不肯回家？观贾珍许其留寺，则知宝珠不肯回家，乃自明其不泄，希贾珍之优客也。秦氏二婢一死一去，而中冓之羞于是得掩。我以前颇怪宝珠留寺之后杳无结果，似为费笔。不知其事在上文，不在下文。宝珠留寺不返，而秦氏致死之因已定，再行写去，直词费耳。

（二）依弟愚见，从各方面推较，可卿是自缢无疑。现尚有一问题待决，即何以用笔如是隐微幽曲？此颇难说，姑综观前后以说明之。

可卿之在十二钗，占重要之位置；故首以钗黛，而终之以可卿。第五回太虚幻境中之可卿，"鲜艳妩媚有似乎宝钗，风流袅娜则又如黛玉"，则可卿直兼二人之长矣，故乳名"兼美"。宝玉之意中人是黛，而其配为钗，至可卿则兼之；故曰"许配与汝"，"即可成姻"，"未免有儿女之事"，"柔情缱绻，软语温存，与可卿难解难分"，此等写法，明为钗黛作一合影。

　　但虽如此，秦氏实贾蓉之妻而宝玉之侄媳妇；若依事直写，不太芜秽笔墨乎？且此书所写既系作者家事，尤不能无所讳隐。故既托之以梦，使若虚设然；又在第六回题曰"贾宝玉初试云雨情"，以掩其迹。其实当日已是再试。初者何？讳词也。故护花主人评曰："秦氏房中是宝玉初试云雨，与袭人偷试却是重演，读者勿被瞒过。"

　　既宝玉与秦氏之事须如此暗写，推之贾珍可卿事亦然。若明写缢死，自不得不写其因；写其因，不得不暴其丑，而此则非作者所愿。但完全改易事迹致失其真，亦非作者之意。故处处旁敲侧击以明之，使作者虽不明言而读者于言外得求其微音。全书最明白之处则在册子中画出可卿自缢，以后影影绰绰之处，得此关键无不毕解。吾兄致疑于其病，不知秦氏系暴卒，而其死与病无关。细写病情，正以明秦氏之非由病死。况以下线索尚历历可寻乎？

　　从这里我因此推想高鹗所见之本和现在我们所见的是差不多。他从册子上晓得秦氏自缢，但他亦颇以为书中写秦氏之死太晦了，所以鸳鸯死时重提可卿使作引导。可卿并不得与鸳鸯合传，而可卿缢死则以鸳鸯之死而更显。我们现在很信可卿是缢死，亦未始不是以前不分别读《红楼梦》时，由鸳鸯之死推出的。兰墅于此点显明雪芹之意，亦颇有功。特苟细细读去，不藉续书亦正可了了。为我辈中人以下说法，则高作颇有用处。

　　第十三、十四、十五三回书，最多怪笔，我以前很读不通，现在却豁然了。我很感谢你，因为你若不把《红楼佚话》告诉我，宝珠和瑞珠的事一时决想不起，而这个问题总没有完全解决。

从这信里,我总算约略把颉刚的策问对上了,秦氏是怎样死的? 大体上已无问题了。但颉刚于七月二十日来信中,说他检商务本的《石头记》第十三回,也作"都有些伤心"。这又把我的依据稍摇动了一点,虽然结论还没有推翻。他在那信中另有一节复我的话,现在也引在下边。

　　我上次告你《晶报》的话,只是括个大略。你就因我的"被婢撞见"一言,推测这婢是瑞珠宝珠。原来《红楼佚话》上正是说这两个。他的全文是:

　　　　又有人谓秦可卿之死,实以与贾珍私通,为二婢窥破,故羞愤自缢。书中言可卿死后,一婢殉之,一婢披麻作孝女,即此二婢也。又言鸳鸯死时,见可卿作缢鬼状,亦其一证。

　　　　这明明是你一篇文章的缩影。但他们所以没有好成绩的缘故:(1)虽有见到,不肯研究下去,更不能详细发表出来。(2)他们的说话总带些神秘的性质,不肯实说他是由书上研究得来的,必得说那时事实是如此。此节上数语更说,"濮君某言,其祖少时居京师,曾亲见书中所谓焙茗者,时年已八十许,白发满颊,与人谈旧日兴废事,犹泣下如雨。"其实他们倘使真遇到了焙茗,岂有不深知曹家事实之理,而百余年来竟没有人痛痛快快说这书是曹雪芹的自传,可见一班读《红楼梦》的与做批评的人竟全不知曹家的情状。

他把前人这类装腔作势的习气，指斥得痛快淋漓，我自然极表同意。但"疑心""伤心"这个问题，还是悬着。我在七月二十三日复书上，曾表示我的态度。

你说我论证可卿之死确极，最初我也颇自信。现在有一点证据并且还是极重要的，既有摇动，则非再加一番考查方成铁案：就是究竟是"疑心"或是"伤心"的问题。我依文理文情推测当然是"疑心"，但仅仅凭借这一点主观的臆想，根据是很薄弱的。我们必须在版本上有凭据方可。我这部《金玉缘》本确是作"疑心"的，并且下边还有夹评说，"一本作伤心非"，则似乎决非印错。但我所以怀疑不决，因为我这部书并非《金玉缘》的原本，是用石印翻刻的，印得却很精致，至于我们依赖着它有危险没有，我却不敢担保。我查有正抄本也是作"伤心"。这虽也不足证明谁是谁非，因为抄本错而刻本是也最为常事，抄写是最容易有误的；但这至少已使我们怀疑了。我这部石印书如竟成了孤本，这个证据便很薄弱可疑了。虽不足推翻可卿缢死的断案，但却少了一个有力的证据。我们最要紧的，是不杂偏见，细细估量那些立论的证据……总之，主观上的我见是深信原本应作"疑心"两字，但在没有找着一部旧本《红楼梦》做我那书的傍证以前，那我就愿意暂时阙疑。

后来果然发现两个脂砚斋评本，虽系传抄的，而其底本年代均在雪芹生前，均作"疑心"，即高鹗程伟元的初本(程甲本)亦作"疑心"，于是这问题完全解决了。在这两脂本中又说到"淫丧天香楼"一段文字删去的因缘，现在不能多引。

（京）新登字083号

图书在版编目（CIP）数据

桨声灯影里的秦淮河/俞平伯著. —北京：中国青年出版社，
2017.4

ISBN 978-7-5153-4695-3

Ⅰ.①桨... Ⅱ.①俞... Ⅲ.①散文集—中国—现代

Ⅳ.①I217.2

中国版本图书馆CIP数据核字（2017）第074763号


责任编辑　侯群雄　岳　虹
装帧设计　豹　晔

出版发行　中国青年出版社
社　　　址　北京东四十二条21号　邮政编码：100708
网　　　址　www.cyp.com.cn
门 市 部　010-57350370
编 辑 部　010-57350402
印　　　刷　北京科信印刷有限公司
经　　　销　新华书店

规　　　格　660×970　1/16
印　　　张　13.5
字　　　数　150千字
版　　　次　2017年5月北京第1版
印　　　次　2019年3月北京第2次印刷
定　　　价　29.80元

本图书如有印装质量问题，请凭购书发票与质检部联系调换
联系电话：（010）57350337